文庫

文庫書下ろし／長編時代小説

柳眉《りゅうび》の角《つの》

御広敷用人　大奥記録(八)

上田秀人

光　文　社

この作品は光文社文庫のために書下ろされました。

目次

御広敷略図

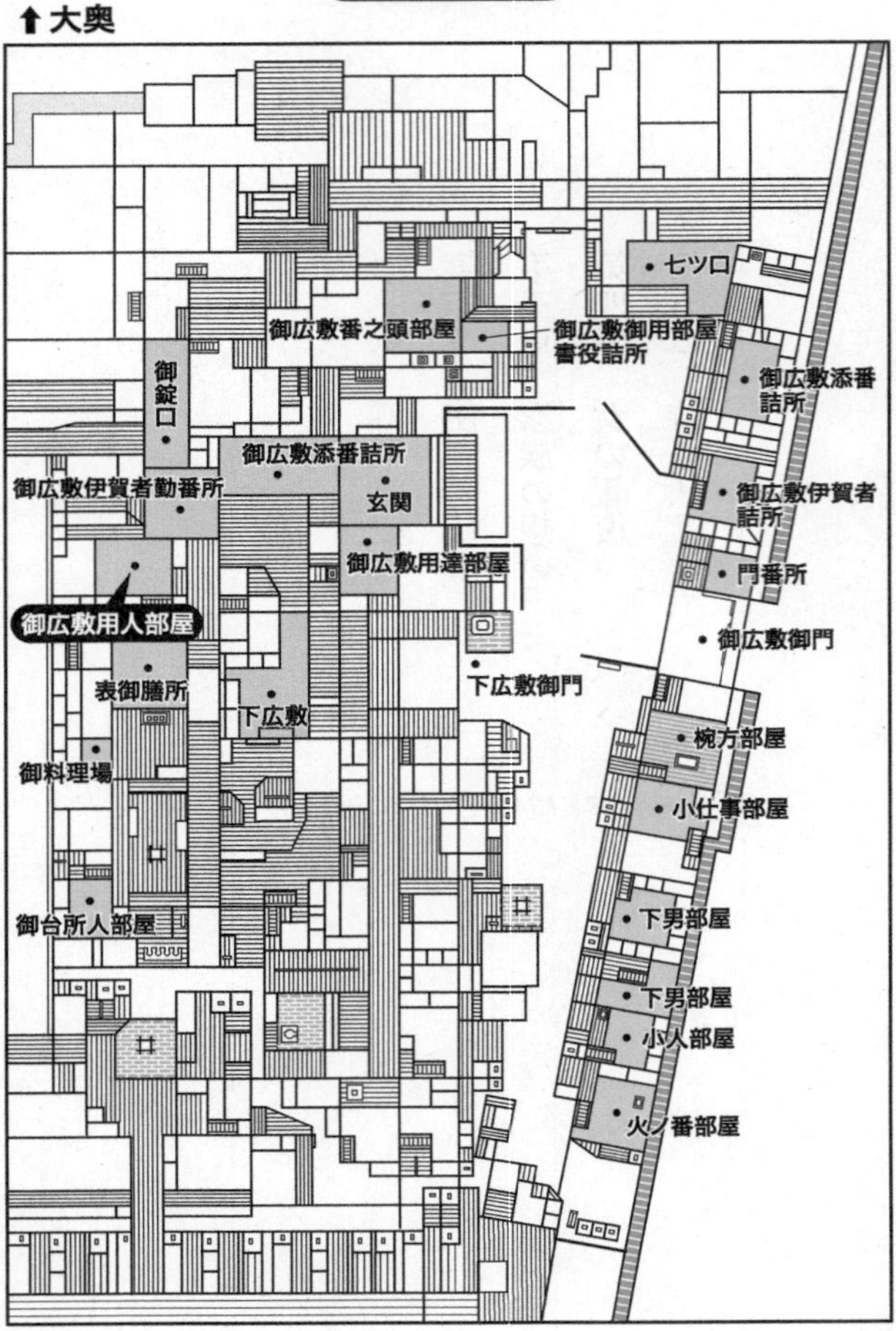
↑大奥
七ツ口
御広敷番之頭部屋
御広敷御用部屋
書役詰所
御錠口
御広敷添番
詰所
御広敷添番詰所
玄関
御広敷伊賀者勤番所
御広敷伊賀者
詰所
御広敷用達部屋
門番所
御広敷用人部屋
御広敷御門
表御膳所
下広敷
下広敷御門
椀方部屋
御料理場
小仕事部屋
下男部屋
御台所人部屋
下男部屋
小人部屋
火ノ番部屋

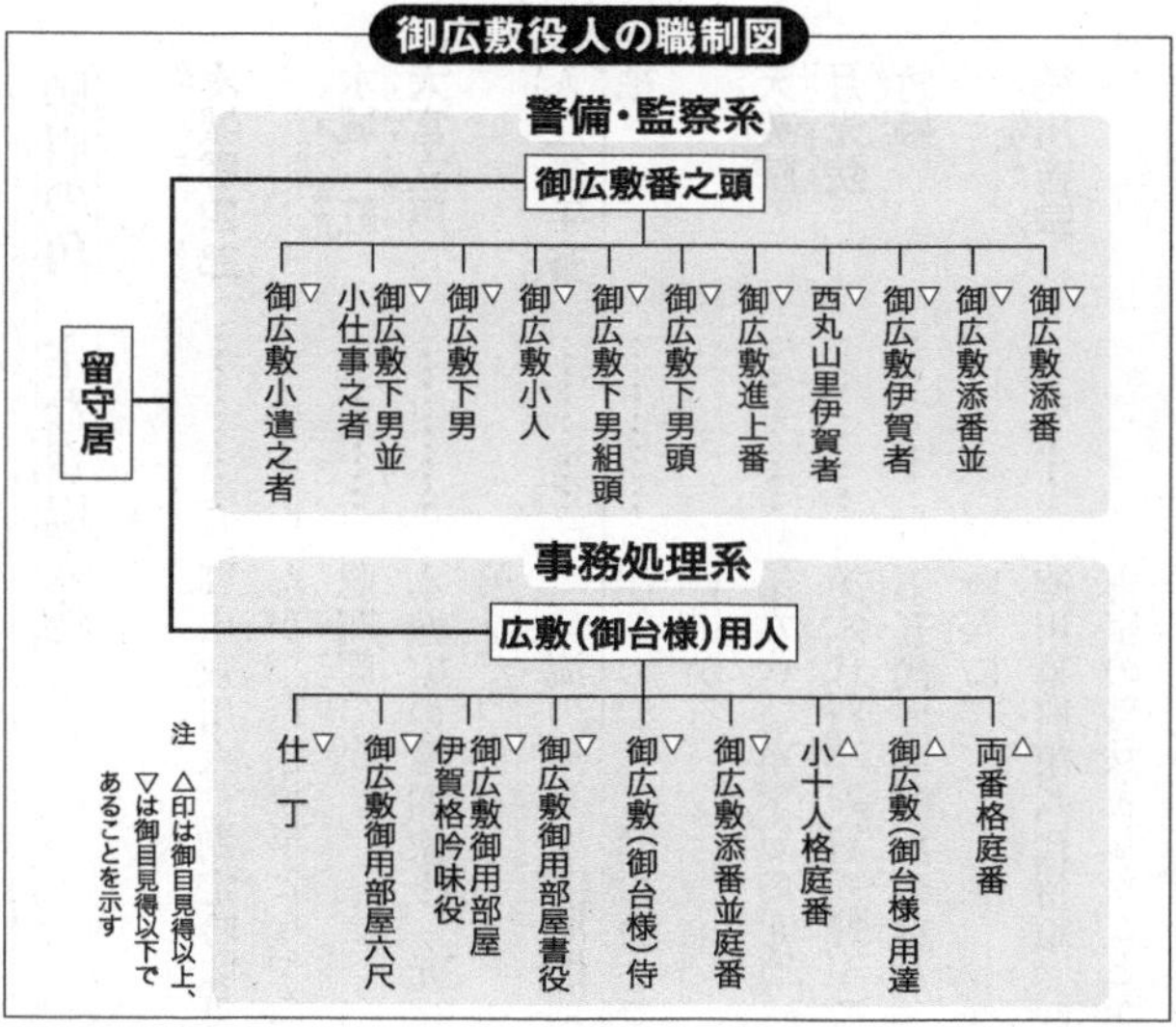
御広敷役人の職制図
留守居
警備・監察系
御広敷番之頭
御広敷添番▽
御広敷添番並▽
御広敷伊賀者▽
西丸山里伊賀者▽
御広敷進上番▽
御広敷下男頭▽
御広敷下男組頭▽
御広敷小人▽
御広敷下男▽
御広敷下男並小仕事之者▽
御広敷小遣之者▽
事務処理系
広敷(御台様)用人
両番格庭番△
御広敷(御台様)用達△
小十人格庭番△
御広敷添番並庭番▽
御広敷(御台様)侍▽
御広敷御用部屋書役▽
御広敷御用部屋伊賀格吟味役▽
御広敷御用部屋六尺▽
仕丁▽
注 △印は御目見得以上、▽は御目見得以下であることを示す

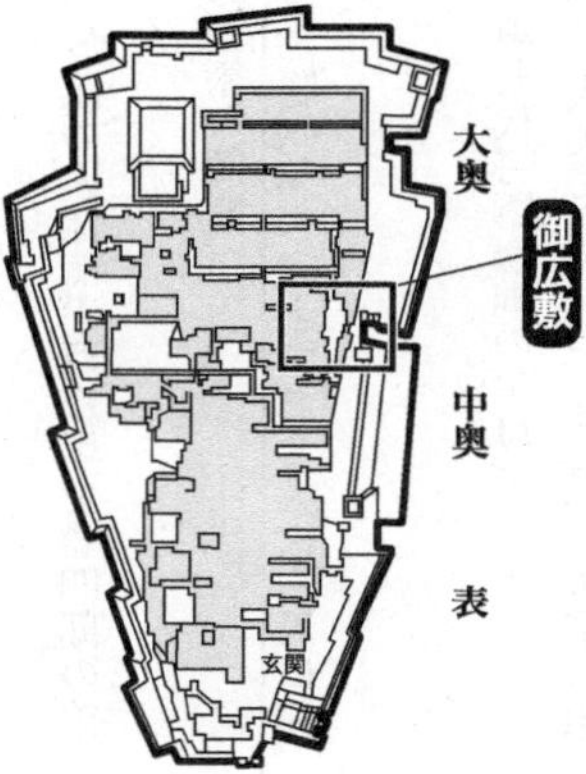
大奥
御広敷
中奥
表
玄関

柳眉の角　主な登場人物

水城聡四郎《みずきそうしろう》……御広敷用人。勘定吟味役を辞した後、寄合席に組み込まれていたが、八代将軍となった吉宗の命を直々に受け、御広敷用人に。

水城紅《みずきあかね》……聡四郎の妻。

大宮玄馬《おおみやげんば》……水城家の筆頭家士。元は一放流の入江無手斎道場で聡四郎の弟弟子だった。

入江無手斎《いりえむてさい》……一放流の達人で、聡四郎の剣術の師匠。

袖《そで》……伊賀の郷忍。頭の命を受け、聡四郎の家士である大宮玄馬に襲い掛かる。

天英院《てんえいいん》……第六代将軍家宣の正室。

月光院《げっこういん》……第六代将軍家宣の側室で、第七代将軍家継の生母。

竹姫《たけひめ》……第五代将軍綱吉の養女として大奥で暮らしてきたが、吉宗の想い人に。

徳川吉宗《とくがわよしむね》……徳川幕府第八代将軍。聡四郎が紅を妻に迎えるに際して、紅を吉宗の養女としたことから、聡四郎にとっても義理の父に。

御広敷用人　大奥記録（八）

柳眉《りゆうび》の角《つの》

第一章　将軍の復讐

一

人は独りでは生きていけない。二人で共生し、三人で依存し、四人で派閥が生まれ、五人で優劣ができる。

両雄並び立たず。一つの区切りのなかで二人が頭として共生はできない。かならずどちらかが優位になる。ただし、この優位は絶対のものではなく、ちょっとしたことで逆転した。

大奥も同じであった。

当初は六代将軍家宣《いえのぶ》の正室天英院《てんえいいん》が大奥を牛耳《ぎゅうじ》っていた。しかし、それも六代将軍家宣が死ぬまでであった。家宣が死んで、その一子家継《いえつぐ》が七代将軍になると、大奥の主は生母月光院《げっこういん》に代わった。

このまま家継が無事に成長すれば、いずれ天英院は大奥を離れ、中奥《なかおく》の一室へ移り、誰からも忘れられた生活に入り、大奥は月光院を頂点とするはずであった。

しかし、家継がわずか八歳で早世《そうせい》してしまった。

これが大奥に大きな誤算を呼んだ。将軍生母という肩書きは、家継が生きていればこそ月光院に与えられたものであり、死んでしまえば前将軍の母に墜《お》ちることになる。それは去るはずだった天英院の復権をもたらした。

本来、大奥の主は将軍の正室である。正室がいないときだけ、生母がその座に上れる。家継が死んだことで、今度は月光院が大奥を出なければならない状況になった。

大奥を出る。

女の城として幕府からも格別な扱いを受けている場所から離れるというのは、大きな生活の変化を伴う。形としては亡くなった将軍の菩提《ぼだい》を弔《とむら》うことになる。すなわち、尼扱いに変わるのだ。

尼は世俗から離れなければならない。今まで身につけていたきらびやかな衣装も、好きにむさぼっていた食事も失う。

さすがに身分が身分だけに、世話をする女中を失うことはないが、その数は大幅に削られた。

なにより支給される扶持米《ふちまい》が減る。扶持米の名前どおり、生きていくだけに等しい量しか与えられなくなる。

今まで大奥で贅沢三昧《ぜいたくざんまい》をしてきた者にとって、耐えられるものではない。

そしてこれは本人だけの問題ではなかった。天英院あるいは月光院に付いている女中たちにも影響は及ぶ。

なにせ主が大奥から消え去るのである。雑用係のお末《すえ》ならばまだしも、側近くにいた女中たちは余所《よそ》の局《つぼね》へ移るわけにはいかなかった。

幕府の根本である忠義、忠臣二君に仕えずが、適用されるためであった。この結果、主に付いて行こうが、行くまいが、大奥は出なければならなくなる。侍でいう浪人となり、禄を失うことになる。

いきなり収入を断たれては、生活していけない。月光院に従っていた上臈《じようろう》以下も必死に生き残りを模索した。

「八代将軍として紀州《きしゆう》の吉宗《よしむね》を推す」

月光院は、吾が子の死を悲しむ間もなく、動いた。動かざるを得なかった。

「家宣さまの弟松平清武《まつだいらきよたけ》を」

館林《たてばやし》藩主を推薦した天英院と真っ向からぶつかったが、八代将軍は吉宗と決まり、月光院は勝利した。

これが一層大奥を混迷させた。

八代将軍となった吉宗には、正室がいなかった。正室だった伏見宮貞致《ふしみのみやさだゆき》親王の王女理子《まさこ》女王は、この六年前二十歳の若さで死亡していた。

さらに将軍は系統を途切れさせることなく続けていかなければならないため、直系でない場合は、前将軍の養子になる。吉宗は三十歳近く歳下だった家継の義理の息子になって将軍位を継承した。

家継は月光院の産んだ子供ではあるが、家宣の胤《たね》であるため、形式上、正室天英院の息子になる。

つまり、吉宗は天英院と月光院の義理の孫になったのだ。

天英院と月光院が同格になった。もちろん五摂家《ごせつけ》近衛《このえ》の血を引く天英院のほうが、格は高い。が、吉宗の将軍就任に敵対したことで権を大きく削《そ》がれたため、月光院との差はなくなった。

二人は、より激しく覇権《はけん》を争った。

その天英院と月光院、二人の争いに異変がおこった。新たな勢力が参入してきたのだ。

竹姫《たけひめ》である。

大奥に入った吉宗が竹姫に一目惚《ひとめぼ》れした。これで竹姫が正室候補として浮上、天英院、月光院を脅《おびや》かし始めた。

「しくじったの」

天英院が苦く顔をゆがめた。

「申しわけもございませぬ」

天英院付きの上臈姉小路《あねこうじ》が、身を小さくして詫びた。

「そなたも情けないが、館林の家臣も使えぬ」

大きく天英院が嘆息した。

竹姫の台頭は天英院を大奥から排除することにつながる。天英院は竹姫がこれ以上の権力を持てないようにとの策を打った。

竹姫の権力のもとは、吉宗の愛情である。ならば、その愛情を削げばいいと考えた天英院は、配下に命じて竹姫を襲う男を用意させた。それが館林藩から大奥へ出されていた五菜《ごさい》の太郎《たろう》であった。

五菜とは、大奥女中の雑用を引き受ける男衆のことだ。女だけの大奥でも、男の手助けがいることは多い。家具などの重いものを動かすとき、ちょっとした修繕仕事など、男手でないと困るときに五菜が使われた。鑑札《かんさつ》を与えられ、大奥への出入りも許されていた。

その五菜の一人として入りこんでいた館林藩の厩番《うまやばん》野尻力太郎《のじりりきたろう》に、天英院は竹姫を傷物にさせようとした。が、それは策を見抜いた御広敷用人《おひろしきようにん》水城聡四郎《みずきそうしろう》の意を受けた伊賀《いが》の女忍袖《そで》によって防がれた。

女にとって命にもひとしい操《みさお》を汚されそうになったのだ。竹姫の怖れは、吉宗に伝わり、激怒させることになった。

「どうやって言い逃れるか……」

天下人《てんかびと》の怒りに天英院が頭を痛めた。

「なにごともなかったのでございまする。上様といえども、なかったことを罪にはできますまい」

姉小路が懸念《けねん》を払拭《ふっしょく》しようとした。

事実、五菜が竹姫を狙ったことは表沙汰にされていなかった。将軍の正室候補に、たとえ一方的な被害者であっても醜聞《しゅうぶん》はまずい。一件は五菜一人が大奥から消えただけという形で一応の決着を見ていた。

「そうであろうか、紀州の猿はそれほど甘いかの」

少しだけ天英院が眉を緩めた。

「なんといってもお方さまは、近衛家の姫君でございまする。しかも帝の血を引かれた高貴なお方。分家から本家へ移ったていどの輩にどうこうできるはずはございませぬ」

「妾《わらわ》の実家《さと》を敵に回す……いや、朝廷を敵にすることになるな」

天英院が肩の力を抜いた。

「なにも心配することはないとはいえ、手は打っておかねばなるまい。なにか考えよ」

「はい」

主従が顔を見合わせ、真剣な表情でうなずきあった。

隠されたとはいえ、女の城でおこったことだ。噂はしっかりと月光院にも届いていた。

「これで天英院も終わりじゃ」

月光院が快哉《かいさい》を叫んだ。

「これで大奥の主は、お方さまと決まりましてございまする」

月光院に従っている上臈の松島《まつしま》が祝いを述べた。

「当然じゃ。先々代の御台所《みだいどころ》がいつまでも未練たらしく、大奥に残っていること自体がおかしいのだ。妾のように七代さまの扶育《ふいく》という役目があるならばまだしも、さっさと大奥を出て、中奥か二の丸で家宣さまの菩提を弔う生活に入るべきであろうに」

「仰せの通り、俗物でございまする」

「そうよ。なにが関白《かんぱく》の姫じゃ。金に汚いだけではないか」

さんざん二人で天英院の悪口《あっこう》を叩いた。

「……しかしじゃ、松島」

悪口にあきた月光院が声を潜めた。

「なんでございましょう」

松島も小声で応じた。

「竹のことよ」

「……竹姫さまの」

「おうよ。上様は真に竹を御台所としてお迎えになられるおつもりかの」

「でございましょう。でなくば、先日の茶会の様相などあり得ませぬ」

問うた月光院に、松島が告げた。月光院は天英院が主催した茶会で、江戸中の銘菓を買い占め、茶菓子を手配できなくなった天英院、竹姫を嘲笑しようとした。それを吉宗は、江戸城台所役人に菓子を作らせ、自ら竹姫へ下賜《かし》することで名誉を守った。

「あの上様にしては露骨すぎぬか。いかにも竹が大事じゃと公言されているようなあの態度、どうも妾には不思議でならぬ」

「言われてみれば、さようでございますな」

松島も表情を変えた。

「惚れた弱みとはとれぬわけではないが……」

「若い男ならば、まだしも、上様はとうに三十路《みそじ》をこえられている」

「それに女もご存じじゃ。その上様が、月のものさえ来ておらぬ、乳も膨らみさえしておらぬ竹にそこまで惚れるであろうか」

月光院が疑問を呈《てい》した。

「たしかに……今、竹姫を御台所とされても閨《ねや》ごとはできませぬな」

松島も悩んだ。

大奥は、将軍の子供を産み、育てる場所である。明文化されているわけではないが、月のものも来ていない女との閨ごとは慎むべきとされていた。

「では、上様が竹姫さまにご執着なさるのは……」

「別の女を守るためではないかと思うのじゃ」

月光院が推測をした。

「なるほど……竹姫に目を集めることでその女を守る」

「そうじゃ。そして竹姫は隠れ蓑となる代わりに、上様のお気遣いをいただく」

「ありまするな」

松島が難しい顔をした。

「忘れられた姫。幕府からもいないものとして扱われていた竹姫には、十分な扶持も与えられず、局にいる女中たちも少なかった。それが見よ、上様が将軍になられてから、お道具は賜《たまわ》る、お台所で作られた菓子を茶会に御持参下さるなど、扱いが格段によくなっておる。そういえば、女中も増えたらしいの」

月光院の身分は高い。庭へ行くでもしなければ、局から出ることはない。当然、他の局のことには疎《うと》い。とくにお末を始めとする目見《めみ》え以下の女中など、見ることさえないのだ。その月光院でさえ気づくほど、竹姫の局は躍進していた。

「はい。先日もお末が……」

言いかけた松島が黙った。

「まさか、あの者が……」

「どうした」

呆然《ぼうぜん》とする松島に、月光院が声をかけた。

「先日、竹姫さまのもとにお末が一人入りました」

「それがなんじゃというのだ」

月光院が首をかしげた。

「見たこともないほどの美形でございました」

「……見たことがないほどの……」

小さく月光院の眉間《みけん》にしわが入った。

「……お方さまには及びませぬが、あれほどの女、今、大奥にはおりませぬ」

あわてて松島が世辞を付け加えた。月光院もその美貌で家宣の寵愛《ちようあい》を受けて、生母となったのだ。美しさということにかんしての矜持《きようじ》は高い。

「それほどの女が、竹姫のお末だと」

お末は大奥で最下級の女中である。お犬《いぬ》と呼ばれることもあり、上臈や中臈《ちゆうろう》からは人扱いされないほどであった。

「しかし、お末では、上様のお目に留まることはないぞ」

将軍の手がつくのは、目見え以上の旗本の娘、あるいは公家《くげ》の娘と決められている。どれほどの美形であろうとも、お末は将軍の閨に侍《はべ》ることはなかった。

「上様が竹姫さまのお局をお訪ねになるとなれば、目に留まらぬはずはございませぬ。男というのは、度し難いもの。美しい女とみれば、吾がものにしたくなる」

松島が小さく首を振りながら、続けた。

「上様がその気になられれば、そのお末を御広敷用人の養女とするなど容易でございましょう」

「養女か。その手があるな」

武家に庶民の娘が嫁ぐときなど、身分をそろえるために養女とするのは常套《じようとう》手段であった。

「町屋で見つけた女を側室にするには、もっとも楽な手段でございまする。町屋の女を旗本《はたもと》の養女として大奥へ上げるには、いろいろと手続きがあり、すぐというわけには参りませぬ。対して、末は簡単に大奥へ入れまする」

「上様は、つい半年ほど前まで紀州藩主であった。将軍と違い、藩主ならば、きままに鷹狩りや寺社参拝などができる。そこで見初《みそ》めた女を入れたか」

月光院もうなずいた。

「のう、松島」

楽しげな声を月光院が出した。

「その女を、妾の部屋子にできぬかの。部屋子にできれば、妾が親元。上様のお気遣いは、竹ではなく、妾に向かおうが」

月光院が引き抜きを口にした。

「やってみまする」

提案の形をした命である。松島は受けるしかなかった。

「念を押すまでもないと思うが、かまえて天英院の局には奪われぬようにいたせ」

「重々承知いたしております」

松島が一礼した。

二

竹姫が襲われた。

「許せぬ」

吉宗は激怒していた。

「天英院だけならばまだしも、館林まで、躬《み》に逆らうか」

怒りは八代将軍の地位を争った館林藩主松平清武にも向けられた。

「あの者をいかがいたしましょう」

御側御用取次《おそばごようとりつぎ》の加納近江守久通《かのうおうみのかみひさみち》が、問うた。

「使い道はありそうか」

「難しゅうございましょう。本人の言葉を信じれば、厩番だったそうで。とても藩からかばってもらえるような地位ではございませぬ」

加納近江守が首を横に振った。

「殺すか」

吉宗の目が光った。

「城中で殺すわけにもいきませぬ」

「どこにいる」

「伊賀者番所《いがものばんしょ》で捕らえておりまする」

問われた加納近江守が答えた。

「供をせい」

「上様……」

腰を上げた吉宗に、加納近江守が慌てた。

「どのような男が竹を狙ったのか、面《つら》を見たい」

「お控えを。ご身分にかかわりまする」

加納近江守が止めた。

「いいや、聞かぬ」

吉宗が加納近江守を押しのけた。

加納近江守は、紀州で吉宗と同じ屋敷で育った。いわば、幼なじみであり、もっとも近い家臣である。他人の意見に従わない吉宗が、加納近江守の言葉にだけは耳を傾ける。それだけの信頼を得ている。

その加納近江守の諫言《かんげん》を無視して吉宗が御休息《おきゅうそく》の間《ま》を出ようとした。これは、それだけ吉宗の怒りが大きい証拠であった。

「上様」

加納近江守が語調を強めた。

「謹慎したいか」

吉宗が加納近江守を睨《にら》みつけた。

「…………」

いかに幼なじみで信頼厚いとはいえ、主従の壁は厚い。加納近江守は黙った。

「わかったならば、どけ」

立ちふさがっていた加納近江守に吉宗が手を振った。

「……上様、せめて水城をお呼び下さいませ」

「水城か……ふむ。御広敷は御広敷用人の管轄。水城を供に連れれば、躬が伊賀者番所へ向かってもおかしくはないか」

吉宗が足を止めた。

伊賀者番所は、御広敷御門を入ってすぐのところにあった。どう考えても将軍が足を運ぶところではなかった。

「水城の願いで視察する形とする。急ぎ、ここへ」

「はっ。誰ぞ」

二人きりで話をするために、他人払《ひとばら》いをしていた。加納近江守が声を張りあげた。

「お呼びでございましょうか」

小姓番組頭《こしょうばんくみがしら》が顔を出した。

「御広敷用人の水城をこれへ」

加納近江守が言うより早く、吉宗が命令した。

「はっ」

一礼した小姓番組頭が下がった。

中奥から御広敷は近い。吉宗の短い堪忍袋の緒が切れる前に、御広敷用人水城聡四郎が伺候《しこう》した。

「参ったか。供いたせ」

あいさつも受けずに、吉宗が指示した。

「どちらに……」

聡四郎はいきなりのことに戸惑った。

「阿呆め。そなたに供をさせるといえば、御広敷であろうが」

吉宗が叱った。

「申しわけございませぬ。では」

詫びて聡四郎は吉宗の前に立った。

聡四郎は加納近江守と違った意味で、吉宗の側近であった。かつて勘定吟味役《かんじようぎんみやく》をしていたときに、まだ紀州藩主だった吉宗と出会い、紆余曲折《うよきよくせつ》を経て子飼いの臣となった。とはいえ、加納近江守のような諫言も許される立場ではなく、使い走りでしかなかった。

「上様のお成りである」

御広敷に入るなり、聡四郎は大声をあげた。これは警告であった。将軍が来たことを報せ、つごうの悪いものを隠し、手を抜いている者などを動かすのである。

「ふん」

吉宗が鼻先で笑った。

そんな事情も吉宗は見抜いている。

「…………」

だからといって、放置しておけば、御広敷全体の落ち度になる。聡四郎は少しだけ、頬をゆがめた。

「これは上様」

すぐに御広敷用人控えの襖《ふすま》が開いて、御広敷用人でもっとも先達《せんだつ》になる小出半《こいではん》太夫《だゆう》が現れた。

「御用はなんでございましょう。お呼びいただければわたくしが、参りましたものを」

膝をついて小出半太夫が用件を問うた。

「思い立ってのことじゃ。気にせず、己の任をいたせ」

「水城」

断られた小出半太夫が、聡四郎を見た。

「そなたが、御用を承《うけたまわ》っておるのか」

「はい」

問われた聡四郎はうなずいた。

「どのような御用じゃ。用人筆頭として聞かねばならぬ。申せ」

小出半太夫が要求した。

「躬の供をさせておる」

吉宗が告げた。

「でございましたら、もっとも御広敷に精通いたしておりまするわたくしが」

吉宗へ小出半太夫が売りこんだ。

「不要じゃ。水城」

断った吉宗が、聡四郎を促した。

「はっ。では、小出氏《うじ》、ごめん」

一言かけて、聡四郎は伊賀者番所へと足を進ませた。

「わたくしもお供を」

歩き出した吉宗の後に従おうと小出半太夫が立ちあがった。

「不要と言った。すでに水城がおるのに、そなたは強《し》いて供をするという。それほど御広敷用人は暇なのだな。ならば、人数を減らさねばならぬ。まずはそなたからじゃの」

吉宗が厳しく指弾した。

「それは……」

さっと小出半太夫の顔色が変わった。

「忙しいのであろう。行け」

加納近江守が、小出半太夫に去れと合図した。

「ご無礼をいたしました」

小出半太夫が、平伏した。

「無駄なときを」

吉宗が吐き捨てた。

「……上様」

少し離れたところで、加納近江守が吉宗に険しい顔を見せた。

「聞こえまする」

加納近江守が、御広敷用人控えへ目を向けた。

「聞こえるように言ったのだ」

吉宗があっさりと認めた。

「まだ躬が求めているものを理解していない。とくに紀州から連れてきた者にそれが顕著に出ている」

不満を吉宗が口にした。

「そつなき男ゆえ、大奥の相手ができようと思ったが、どうも目先が違うところを見ているようだ」

「……………」

反論をしない。加納近江守もそれを認識しているという証拠であった。

「陪臣《ばいしん》から直臣《じきしん》へあがった。己が選ばれたと思いこんでおる」

腹立たしげに、吉宗が言った。

「躬が江戸城に連れて行きたいと思ったのは、近江守、そなたと庭之者《にわのもの》だけじゃ。他は誰でもよかった。いや、不要であった。わかるか」

吉宗が加納近江守に訊《き》いた。

「……わかりませぬ」

加納近江守が首を振った。

「そなたも気づいておらぬならば、半太夫あたりがわかっておらずとも当然か」

小さく吉宗が嘆息した。

「お教えを願えましょうや」

答えを聞きたいと加納近江守が願った。

「簡単なことよ。幕府には紀州よりも多くの人材がおる。躬はそれを使うつもりでいた。それだけじゃ」

吉宗が、聡四郎を見た。

「躬は幕府を立て直すために将軍となった。その躬が、紀州から人を大量に連れてきてどうする。幕政を紀州から来た者に任せる。そう見えただけで、譜代《ふだい》大名どもの反発を買おう」

人は誰でも己の持っている権を他人に奪われるのをよしとはしない。下手をすれば、奪われまいとして抵抗し、吉宗の改革の足を引っ張りかねなかった。

「なにより、紀州より連れてきた者への禄は幕府が出さねばなるまい。躬が連れてきた者は紀州藩士から旗本へ籍を変えた。ようは旗本を少しとは申せ、躬が増やした。つまり、それだけ躬は幕府に負担を強いているのだ」

将軍を出した紀州家は功績を立てたに等しい。紀州家から、吉宗が連れて行った家臣の分だけ禄を取りあげるわけにはいかなかった。

「これで、幕臣を使うしかないとわかろうが」

「はい」

吉宗の話に、加納近江守がうなずいた。

「事実、幕府には紀州の十倍以上の家臣がおる。使える者も多いはずだ」

「たしかに」

強く加納近江守が首肯《しゅこう》した。

「水城がそのいい例でございますな」

加納近江守が聡四郎を褒《ほ》めた。

「まだ足りぬがの。世間をもう少し学ばさねばなるまい」

厳しい目で吉宗が聡四郎を見た。

「こちらでございまする」

伊賀者番所の前で、聡四郎は足を止めた。

御広敷伊賀者番所は、御広敷御門を入ってすぐ右、七《なな》つ口《ぐち》へ至る途中にあった。

土間が半分、板の間が半分の一階と、板の間だけの二階でできており、当番と交代要員である御広敷伊賀者が詰めていた。

「開けよ」

「はっ」

命じられて、聡四郎は番所の戸障子を開けた。

「どなたじゃ」

なかから誰何《すいか》の声がかかった。しかし、幕府で最下級といっていい伊賀者であり、不意の闖入者《ちんにゅうしゃ》とはいえ、詰問口調ではなかった。

「水城聡四郎である。一同、鎮まれ」

先に入って聡四郎は、伊賀者を落ち着かせた。

「ご用人さま。なにか」

伊賀者を代表して、壮年の御広敷伊賀者同心《どうしん》が問うた。

「上様のお成りである」

「……つっ」

聡四郎の言葉に、壮年の伊賀者が驚愕《きようがく》した。

伊賀者にとって吉宗は侵略者であった。紀州から庭之者を連れてきた吉宗は、伊賀者から探索御用を取りあげたのだ。探索御用のおりに出る余得で生きてきた薄禄の伊賀者にとって、これは死活問題であった。反発した伊賀者は、御広敷用人として赴任《ふにん》してきた聡四郎を吉宗の手の者と考えて襲い、返り討ちにあった。

吉宗に逆らった伊賀者組頭の藤川義右衛門《ふじかわぎえもん》は、その身分を奪われ、幕府から放逐《ほうちく》された。そして、残った伊賀者は吉宗に膝を屈していた。

「湖夕《こゆう》はおらぬか」

そこへ吉宗が入ってきて、番所のなかを見回した。

「遠藤《えんどう》湖夕は、現在当番で出ております。ただちに呼んで……」

「よい」

動き出そうとした伊賀者を吉宗が抑えた。

「任を放棄させるほどのことではない」

「お側の方まで申しあげまする」

伊賀者が加納近江守へ顔を向けた。

御家人《ごけにん》でしかない伊賀者は、将軍と直接言葉をかわすことができなかった。

「迂遠《うえん》なまねは要らぬ。直答《じきとう》せい」

吉宗が遮《さえぎ》った。

「畏《おそ》れ入りまする。上様、このようなところにまでお見えのわけを……」

「長い口上だの。ここに五菜が捕まっていると聞いた。どこだ」

伊賀者が言い終わるのを待たずに、吉宗が求めた。

「……水城さま」

支配となった聡四郎に、伊賀者が救いを求めた。

「上様の思《おぼ》し召《め》しである」

聡四郎は従えと言うしかなかった。

「汚いところでございますが……」

あきらめた伊賀者が番所の奥に、吉宗を案内した。

「…………」

階段の前にいた伊賀者が、あわてて平伏した。

「ご苦労」

一言ねぎらった吉宗が階段をあがった。

「よいのか」

後に続く加納近江守が、聡四郎に小声で問うた。

「なにもございませぬ。もし、上様になにかあれば伊賀は終わりまする。それももっとも悲惨な末路で。女、子供、老人、赤子もすべて、伊賀の血が入っているだけで殺される。伊賀の歴史が消えまする」

この間まで敵対していた伊賀者の巣窟《そうくつ》に、二人の供を連れただけで踏みこむ不安を抱いている加納近江守に聡四郎は大丈夫だと保証した。

「伊賀が滅ぶ……」

千人をこえる人が殲滅《せんめつ》される。その恐ろしさに加納近江守が小さく震えた。

「それにしても……度胸の据わったお方だ」

護衛を置き去りにする勢いで階段を上る吉宗に、聡四郎は感嘆した。

「こちらでございまする」

伊賀者が、二階中央に作られた牢の前で膝をついた。

「開けよ」

「それは……」

閂《かんぬき》を外せと言った吉宗に、伊賀者が絶句した。

「ご指示に従え。ただし、油断をするな」

聡四郎は伊賀者に注意を加えた。

「はっ」

周りの同僚に目配せした伊賀者が、閂を取った。

「出てこい」

吉宗が声をかけた。

「……またか。もう、十分であろう。今さら話すことなどない」

牢のなかから五菜の太郎こと、館林藩厩番の野尻力太郎が文句を言いながら出てきた。

「控えろ。上様の御前である」

加納近江守が告げた。

「えっ……」

野尻力太郎が、呆然とした。

「膝をつけ、愚か者」

伊賀者が野尻力太郎を怒鳴りつけた。

「そなたが館林の」

吉宗が周囲を気にせず、話しかけた。

「…………」

あわてて平伏しながらも、野尻力太郎は沈黙していた。

「なかなかの忠義よな。使い捨てにされたというのにな」

吉宗が笑った。

「くっ……」

あからさまな嘲弄《ちょうろう》に、野尻力太郎が呻《うめ》いた。

「話せ」

短く吉宗が命じた。

「…………」

「手間を取らせるな。湖夕……おるな」

「ここに」

藤川義右衛門の後を受けて御広敷伊賀者の組頭になった遠藤湖夕が出てきた。

「お出でと伺いましたので」

不要と言われたからといって、組頭に報せないようでは役に立たない。報告を受けた遠藤湖夕が、あわてて駆けつけてきたのも当然であった。そして吉宗もそれを当たり前と考え、遠藤湖夕の名を呼んだのであった。

「わかったことを教えてやれ」

「よろしゅうございますので」

促された遠藤湖夕が、確認した。

「よい」

吉宗が首肯した。

「……野尻力太郎、そなたが竹姫さまに無礼を働く前日、江戸から忍《しのび》が館林に向かった」

「館林に」

野尻力太郎が息を呑んだ。

「誰かを追うようであった。そして、今朝、その者たちが戻ってきた。早いな。いかに忍とはいえ、館林まで往復できるほどではない」

「……っ」

「そういえば、国元からその直前に若い女と子供が数人の藩士に囲まれて江戸へ向かったそうだの」

「多喜《たき》、弥輔《やすけ》」

吉宗の前であることを忘れて、野尻力太郎が叫んだ。

「妻と子か」

一瞬だけ、吉宗の額に憂いが浮かんで、消えた。

「悲しむことは許さぬ」

「なっ……」

冷たく言う吉宗に、野尻力太郎が顔をあげた。

「もし、そなたの策が成功し、竹の身が汚されたとしたらどうなった」

吉宗がじっと野尻力太郎を睨みつけた。

「操を失った竹は自害、守りきれなかった竹付きの女中たちは死罪だ。そして大奥を警固できなかった伊賀者も同罪、他に竹付きの御広敷用人であるこやつも切腹、御広敷番どもも放逐となっただろう。合わせて二十人ではきかぬ者が死に、その倍をこえる者が禄を失い、放逐される。まさか、吾が家族は生きていなければならぬが、他の者が死ぬのは気にならぬと申すのではなかろうな」

「…………」

現実をあらためて突きつけられた野尻力太郎が口を噤《つぐ》んだ。

「人を害するというのは、害されてもしかたないということでもある。そなたは、愚かであったな。そのことにさえ気づいておらぬとは」

「……妻と子供を人質に取られてはいたしかたございますまい」

開き直ったのか、野尻力太郎が言い返した。

「無礼者」

その態度に加納近江守が怒った。

「落ち着け。こやつはもう死を覚悟しておる。いわば死人よ。死人に礼儀を求めるな」

吉宗が加納近江守を制した。

「ですが……」

加納近江守が苦情を続けようとした。

「やめておけ。己の器量を狭くするだけじゃ。見よ、水城を。万一に備えて刀の柄《つか》に手を添えてはいるが、穏やかであろう」

吉宗が聡四郎を指さした。

「……………」

聡四郎は吉宗の動きに反応せず、じっと野尻力太郎を見張っていた。

「これが己の役目を果たすということよ」

「わかりましてございまする」

諭《さと》された加納近江守が、吉宗と野尻力太郎の間に身体を割りこませた。万一の折りの盾となるためであった。

「ふふ。小柄なそなたでは、躬を隠せぬがな」

吉宗がうれしそうに笑った。

身の丈が五尺八寸（約百七十四センチメートル）近い吉宗は、大柄であった。対して、加納近江守は五尺二寸（約百五十六センチメートル）しかない。吉宗の前に両手を拡げても、かばいきれなかった。

「誰の命令じゃ」

「…………」

吉宗の尋問に野尻力太郎がふたたび沈黙した。

「そなたが館林の藩士だともう知れている。隠す意味はないぞ」

「主家《しゆか》は売れませぬ」

野尻力太郎が拒んだ。

「認めたも同然だぞ、それは」

「…………」

あきれた吉宗に野尻力太郎が沈黙した。

「妻や子の命を奪われたのだぞ」

「確実ではございますまい。御家老《ごかろう》さまはお約束してくださいました。妻も子も国元で大切に匿《かくま》うと」

野尻力太郎が力説した。

「将軍の言うことが信じられぬと……」

「あなたさまが将軍だという証《あかし》がございませぬ」

「たしかにないの」

吉宗が首肯した。

「きさま、無礼にもほどがあるぞ」

加納近江守が大声で叱りつけた。

「止《や》めよ。妻子の死を信じたくないと思っている者を説得するのは無駄じゃ」

吉宗が、加納近江守を宥《なだ》めた。

「ならば主家については訊かぬ。きさまに策を指示した大奥女中の名前を言え」

「それは……」

「忠義を尽くす相手ではなかろう」

「言えませぬ」

野尻力太郎が抵抗した。

「そうか、言わぬか。戻るぞ」

吉宗が踵《きびす》を返した。

「えっ……」

「よろしいのでございますか」

野尻力太郎が呆然とし、加納近江守が不思議そうな顔をした。

「湖夕」

歩き出しながら吉宗が遠藤湖夕を呼んだ。

「はっ」

「死なせるな。猿ぐつわを嚙ませよ。飯も水もやらずともよい」

「それでは、もって五日でございますが」

命じられた湖夕が応えた。

「三日でいい。それまでに天英院を動かす。そのあと館林に手を出してくれるわ。

野尻という名前は許さぬ。九族滅してくれる」

吉宗が告げた。

「くううう」

顔色を変えた野尻力太郎が、舌を噛もうとした。

「させぬ」

野尻力太郎の側にいた伊賀者が、脇腹に当て身を喰らわせた。

「がっ……」

右の脇腹には肝臓がある。そこを強く打たれると、人は息ができなくなる。舌を噛むこともできなくなった。

「喰え」

遠藤湖夕が手ぬぐいを野尻力太郎の口に突っこんだ。

「行くぞ」

崩れ落ちた野尻力太郎に、一瞬冷たい眼差しを送った吉宗が歩き出した。

「上様、どうなさいますので」

慌てて追いついた加納近江守が訊いた。

「あいつを使う。聡四郎」

「はっ」

後に付いていた聡四郎に、吉宗が振り向いた。

「よくしてのけた。伊賀の女忍に褒美《ほうび》を取らせる」

野尻力太郎を捕まえた袖を、吉宗が褒めた。

「目見え以上に取りあげてやろう」

「まことにかたじけなきお気遣いながら……」

「断ると申すか」

吉宗が眉を吊り上げた。

「いずれ宿下がりをさせようと考えておりますれば」

「終生奉公はまずいか」

「怖れながら」

聡四郎は願った。

大奥女中で目見え以上の身分は、基本終生奉公であった。嫁にもいけず、親の葬儀にも参列できない。代わりに死ぬまで大奥で面倒をみてもらえる。だけではなく、実家も引きを受けて、出世することも多い。

大奥女中は旗本の娘のあこがれといっていい。

「……そなたが手を付けるか。なかなかの美形だそうだな」

「とんでもございませぬ」

聡四郎は首を左右に振った。

「紅《あかね》が怖いの」

吉宗の険しい表情がゆるんだ。

「嫉妬《しっと》するか、紅は」

「ご勘弁を」

話が一気に下世話になった。聡四郎は情けない顔をした。

「ふふふ」

吉宗が笑った。

「嫉妬してもらえる間が華《はな》だと思え。どうでもよくなれば、そなたが誰に手出しをしようとも、紅は気にもしなくなる」

「気をつけまする」

聡四郎はそう応えるしかなかった。

「近江、明日、大奥へ入る」

吉宗が加納近江守へ目を移した。

「はっ。で、お相手はどなたに」

将軍が大奥に入る。それは女を抱くということであった。加納近江守が問うたのは、紀州から側室を連れてきていない吉宗が、誰を相手に求めるかわからなかったためであった。

「竹以外の女に用はない」

「ですが、竹姫さまは未だ……」

「手は出さぬ。花は咲くまで手折《たお》るものではないわ。つぼみで摘み取ることを好む者もおるが、花は開いてこそ、華」

懸念を言いかけた加納近江守に吉宗が被《かぶ》せた。

「夕餉《ゆうげ》を共にするだけよ」

「……それでは」

加納近江守が吉宗の意図をはかりかねた。

「竹の座敷に用意させよ」

大奥に将軍の居室はない。将軍は大奥の客でしかないのだ。大奥に入った将軍は、上の御錠口《おじょうぐち》からさほど離れていない小座敷に在するのが決まりであり、他に足を運べるのは、仏間と正室の館《やかた》だけであった。

「それは……」

竹姫の局に吉宗が行く。その影響がどれほどのものになるか、加納近江守が言葉を失った。

「さぞかし、あわててくれるだろうよ、天英院は。あの女は、先々代の正室だったという名前に縋《すが》って大奥に残っている。だが、御台所など、将軍が死んだ途端に価値はなくなる」

吉宗が天英院をあの女と呼び、冷笑を浮かべた。

「水城」

「承知致しました」

聡四郎は竹姫への通達を引き受けた。

三

竹姫は局で書を楽しんでいた。

「肩の力を抜かれませ」

竹姫付きの中臈鹿野《かの》が、竹姫へ注意をした。

「こうかの」

言われた竹姫が、肩を小さく上下に振った。

「姫さま、墨が」

袖が懐紙で畳に落ちた墨を吸った。

「すまぬ。気配りがたりなかったの」

竹姫が詫びた。

「とんでもございませぬ。わたくしごときに、頭を下げるなどとんでもない」

袖が顔色を変えて、首を左右に振った。

竹姫の危機を救ったことで、袖は厚い信頼を得ていた。

「紅さまのもとにおったのであろう。ならば、身内じゃ」

聡四郎の紹介、すなわち紅の目にかなったとの意味でもある。竹姫は、袖を気に入っていた。

「もう一枚くれぬか」

竹姫が次の紙を強請《ねだ》った。

「ただちに」

鹿野が頬を緩めながら、真新しい紙を文机《ふづくえ》に置いた。

「よい紙じゃの。筆が引っかからぬし、墨もにじまぬ。これも上様、いや、公方《くぼう》さまのお陰である」

うれしそうに言いながら、竹姫が吉宗の呼称を訂正した。

将軍の正式な呼称は公方であった。その起源は鎌倉《かまくら》幕府にさかのぼる。宮将軍を擁立することで天下の権を簒奪《さんだつ》した執権《しっけん》の北条《ほうじょう》氏に対抗すべく、幕府評定衆《ひょうじょうしゅう》安《あ》達泰盛《だちやすもり》が朝廷に願って下賜《かし》してもらったのが公方という呼称であった。もともと公方とは、私に対抗する公《こう》との意味を持つ言葉であり、それを呼称とすることで、執権北条氏に将軍こそ天下そのものだと見せつけようとした。もっともそのためか、安達泰盛は霜月《しもつき》騒動と呼ばれる政変で北条の手で一族五百人もろとも皆殺しの目に遭った。

だが、安達泰盛の行為は、数百年を下った今でも続いており、将軍は就任するまでを上様、以降を公方と呼ばれるようになった。

ただ、世継ぎのときに呼ばれた上様という呼称は、民草《たみくさ》の上に立つものという意味を持つということで、将軍就任以降も使用されている。

とはいえ、正式には公方なのだ。竹姫は、正室になる覚悟として、吉宗のことを公方と呼ぶようになった。

「はい。公方さまのお気遣いでございまする」

鹿野も同意した。

竹姫は、物心つく前に、五代将軍綱吉《つなよし》と愛妾大典侍《おおすけ》の局《つぼね》の養女として、京から大奥へ移らされた。その後、会津《あいづ》松平の世子、有栖川宮正仁《ありすがわのみやただひと》親王との婚約がなるが、どちらも婚姻をなす前に死亡、さらに庇護者《ひごしゃ》である綱吉も亡くなったことで竹姫は宙に浮いてしまった。

生類憐《しょうるいあわ》れみの令で天下を混迷させ、犬公方などと悪口を叩かれた将軍綱吉が大奥に残したままの娘の扱いに誰もが困った。

輿入《こしい》れとなれば、将軍の養女にふさわしい家柄でなければならない。とはいえ、それほどの名家にとって悪名高い綱吉の養女を正室に迎えて、六代将軍家宣の機嫌を損ねたくはない。なにより、婚約した相手二人ともが、若死にしているのだ。どこもそんな縁起の悪い女を娶《めと》りたくはなくて当然であった。

臭いものに蓋《ふた》ではないが、幕府にはつごうの悪いものや出来事を無視することでなかったことにする習性がある。

結果、竹姫は忘れられた。

もちろん、そこにいるのは確かなので、生きていくだけの扶持や、最低限の女中などは手配されたが、そこまでであった。

贅沢品や余分なものは与えられず、竹姫の局では、書をするにも反古紙《ほごがみ》を練習に使わねばならぬほどであった。

それが吉宗の登場で激変した。

七代将軍家継の早世を受けて紀州家から八代将軍として江戸城の主になった吉宗は、大奥を初めて訪れたときに竹姫を見初めた。

男は惚れた女に弱い。

吉宗は竹姫の機嫌を取るために、今まで付けられていなかった御広敷用人として水城聡四郎を手配しただけでなく、その要望のすべてに応えた。この紙もそうであった。

「公方さまに書状をお出ししたい」

愛《いと》しい女から文を書きたいから紙をくれと言われて断れる男などいない。

「天下一の紙を手配せい」

吉宗は聡四郎に命じた。

「…………」

聡四郎は困惑した。命じるのは簡単だが、実際に動くのは、聡四郎なのだ。金に糸目はつけられていないとはいえ、聡四郎の買った紙が竹姫の気に入らなければ、叱られるのだ。

妻紅の父で江戸一の口入れ屋相模《さがみ》屋伝兵衛《でんひょうえ》の助言まで仰いで、聡四郎は紙を手配した。幸い、それは竹姫の気に入っていた。

「姫さま」

新たな一枚を書きあげて満足そうな竹姫へ、鹿野が表情を厳しくした。

「なにかの」

竹姫が首をかしげた。

「天英院さまに苦情を申し立てずともよろしゅうございますので」

鹿野が問うた。

竹姫を襲おうとした五菜が、天英院の局ゆかりの者だと判明していた。

「妾がかえ。なぜじゃ」

「竹姫さまに対する無礼を天英院さまがおこなった。これは咎《とが》めなければなりませぬ。放置しておけば、竹姫さまが弱腰と取られかねませぬ」

のんびりとしている竹姫に、鹿野が言った。

「実際、妾の身体に指一本触れたわけでもないのにか」

五菜の太郎は、竹姫の局に押し入ったが、その姿を見る前に待ちかまえていた袖によって捕縛されていた。

「それでもでございまする」

鹿野は憤慨していた。

「今宵、公方さまがこちらで夕餉をお摂《と》りになられまする」

「うれしいことよな」

竹姫がほほえんだ。

「姫さま、お喜びになられるだけではいけませぬ。公方さまが小座敷ではなく、こちらにお見えになるというのは、竹姫さまを御台所として遇《ぐう》されるという証。御台所さまへの無礼を咎めぬとなれば、大奥での秩序が保てませぬ」

「遅くはないかの。あの直後に姉小路が様子を見に来た。苦情を申し立てるならば、あの折りにしておくべきではないか」

竹姫が汚されたことを隠すのではないかと疑った天英院付きの上臈姉小路が、襲撃の直後に局の様子を見に訪れていた。

「あのときは、五菜の正体がまだわかっておりませんでした。しかし、公方さまより五菜が館林藩の者であるとお報せいただいたのでございまする。決して遅くはごございませぬ」

「そうかの」

竹姫は乗り気ではなかった。

「姫さま……。御台所さまになろうというお方が、そのような覇気《はき》のないことでいかがいたしまするか」

業《ごう》を煮やした鹿野が、竹姫に諫言した。

「だからよ」

竹姫が筆を置いた。

「のう、鹿野。妾が詰問したとしてじゃ。すんなりと悪事を認め、天英院さまが謝罪すると思うか」

「いたしますまい。どころか、侮辱するつもりかとお叱りになられましょう」

鹿野が首を左右に振った。

「であろう。妾もそう思う。となれば、争いになるわの。やった、やらないの水掛け論になる」

「…………」

無言で鹿野が首肯した。

「女同士の口げんかなど、殿方に見せるものではなかろう。醜く顔をゆがめて、天英院さまを罵《ののし》っている姿を公方さまに見られたならば、妾は恥ずかしくて死んでしまう」

言いながら竹姫が身をもんだ。

「お気持ちはわかりまするが、このままというわけにはいきませぬ。せっかく天英院さまを抑えこめる好機なのでございまする。うまく天英院さまを抑えこめれば、月光院さまも竹姫さまへ遠慮なさいましょうし」

一石二鳥、竹姫が大奥を牛耳る絶好の機会だと鹿野が述べた。

「懸念は不要じゃ」

竹姫が笑った。

「では、やはり……」

反撃をするのかと、鹿野が身を乗り出した。

「なにもせずとも、公方さまがなさってくださる」

「公方さまが」

「そうよ。己の女に手出しをされた。それを放置なさるようなお方ではない。きっと妾の分まで、仕返しをしてくださるはずじゃ」

信じ切った表情で竹姫が告げた。

「それにの、万一、天英院さまが頭を下げてみよ。妾は謝罪を受け入れねばならぬぞ」

まだ吉宗の想い人でしかない竹姫は、大奥での序列でいけば、六代将軍家宣の正室であった天英院よりも下であった。格上が頭を下げれば、格下はそれを受け入れなければならない。

「妾が許してしまえば、公方さまもお引きになるしかない。当事者同士で和解がなってしまえば、それまでじゃ。これが表ならばまだよい。公方さまは幾らでも介入できる。だが、ここは大奥。春日局《かすがのつぼね》によって大奥は表から不干渉の約定《やくじょう》を取り付けている。あからさまな罪であれば、不干渉などと突っぱねられないが、相手が許してしまえば、なかったことになる。これでは公方さまの振りあげた拳《こぶし》の行き先がなくなろう」

竹姫が説明した。

「ゆえに、妾は天英院さまとは会わぬ」

「お見事でございまする」

しっかりと考えている竹姫に、鹿野が感心した。

「それに妾は弱い女ぞ。争いごとなど不得手《ふえて》でよい。戦いは殿方の仕事。女は黙って守られているほうがかわいかろう」

「それはまことでございましょうか」

じっと部屋の隅で控えていた袖が口を出した。

「これ、袖。失礼なまねをいたすな」

鹿野が叱った。

「よい。妾を救ったのだ。身分がどうのということはよかろう。なんじゃ、袖」

竹姫が鹿野を制し、袖を促した。

「男は守られている女が好みだと仰せになられましたが」

「…………」

竹姫がじっと袖を見た。

「なにか……」

袖が居心地悪そうにした。

「そなた、好きな男がおるのか」

「男など好きには……なってはならぬのでございまする。それが伊賀の女忍の宿命」

問われた袖が否定した。

「寂しいものよな、忍というのは」

竹姫が哀れんだ。

「夫婦《めおと》となってからも好きにはならぬと」

「女忍の婚姻は、子を生《な》すためか、あるいは任のみ」

「子を生すならば、情もかようであろう」

鹿野が袖に問うた。

「忍が子を生すのは、よい術者を生み出すため。生まれて才がなければ、男と女は別れさせられ、別の相手と番《つが》うことになる」

「なんともはや……」

聞いた鹿野があきれた。

「女は子を産む道具ではない」

「男も女も道具。それが忍」

鹿野の呟《つぶや》きを、袖が否定した。

「でも、袖はもう忍ではないのでしょう」

小首をかしげて竹姫が訊いた。

「水城からそなたを預かるとき、忍とは聞かされておりませぬ。もし、忍であったならば、水城を叱らねばなりませぬ。妾に叱られる……それは公方さまに怒られるも同然。御役御免《おやくごめん》は当然、それだけではすまぬ。謹慎、減禄は避けられまいのう」

「それは……」

竹姫の言いぶんに袖が詰まった。

「忍ではなかろう」

「…………」

「否定せぬな」

竹姫がほほえんだ。

「では、袖。主として問います。好きな殿方がありますね」

幼い竹姫が目を輝かせながら尋ねた。

「…………」

袖は沈黙を続けた。

「無言は肯定を意味しますよ」

先ほどとは逆の論理を竹姫が展開した。

「よろしいでしょう。妾より歳上とはいえ、女としての心構えでは幼い袖に教えてあげましょう」

得意げに竹姫が胸を張った。

「弱く守られている女がお好きなのは、公方さまのお話。公方さまは天下でもっともお強い殿方でございまする。ゆえに女を守りたがられまする」

「上様だけの話……」

「はい。ただし、他の男のことなど存じませぬ。妾にとって殿方とは公方さまのこと。他の有象無象《うぞうむぞう》はどうでもよいゆえ」

きっぱりと竹姫が言った。

「妾は、公方さまだけの女であればいい。そしていつか、母になれればと思っておる」

竹姫が女の顔をした。

「一人の男のための女」

袖が唖然《あぜん》とした。

「意外か。まあ、たしかに妾のような身の女は、己の想いを殺さねばならぬ。顔も知らぬ殿方のもとへ嫁ぎ、閨を共にし、子を産む。これが普通じゃ」

竹姫が続けた。

「じゃが、不幸にして妾の相手は皆先立ってしまった。会うこともなくの。しかし、そのお陰で妾は公方さまに出会えた。この世に生を受けて初めてであったぞ、妾を欲しいと直接言われたのは。最初、公方さまはなにを言われておるのかわからなかった。それが理解できたとき、心の臓が破裂するかと思うほどに動悸《どうき》が激しくなった。まさに歓喜であった。大奥で忘れられた姫だった妾を、要ると仰せくださったのだ。女としてこれほどうれしいことはない」

頬を染めながら竹姫が語った。

「妾はようやく女になった。そなたも忍から女へ変わったのであろう」

「女へ……」

袖が繰り返した。

「目をつぶり、頭に気になる殿方の姿を思い浮かべてみよ。鼓動が激しくなったならば、それこそが愛しいという感覚じゃ」

「……あっ」

目を閉じた袖が赤くなった。

「わかったようじゃな」

得意げに竹姫が言った。

「男と女が互いを求め合って、初めて世は紡《つむ》がれる。その証を胎内に育《はぐく》める。それは女だけに許された特権じゃ。大事に使えよ」

「……はい」

袖が小声で返事をした。

「……では何もなさらぬということでよろしゅうございましょうや」

ようやく戯《たわむ》れの話が終わったと、鹿野が口を出した。

「いいや、文を書く」

「文……公方さまへの」

鹿野が確認した。

「そう。そこに怖かったと書くだけ」

「……なっ」

「それは」

理解した袖と鹿野が息を呑んだ。

「ようやく真っ暗だった妾の未来に明かりがさしたのじゃぞ。それを消そうとするなど論外であろう。これならば、妾が公方さまの失望を招くことはなかろう」

竹姫の声から感情が抜けた。

「これを公方さまに届けよ」

書き終えた文を、竹姫が鹿野に渡した。

聡四郎は竹姫から託された文を、吉宗に届けた。

「……そうか。少し順番を変えるしかなさそうだ。天英院の手足を潰《つぶ》すことから始めよう」

読み終えた吉宗の声は平坦であった。

「水城、そなたに使者を命じる」

「はっ。どちらへ」

怪訝《けげん》な顔をしながらも、聡四郎は両手をつき、吉宗の命を待った。幕府には使《つかい》番《ばん》という役目がある。他にも相手の格によって、老中《ろうじゅう》や若年寄《わかどしより》が使いにたつこともあった。

御広敷用人は、大奥の差配が任であり、使者になることはまずなかった。

「館林に行って参れ」

「松平右近将監《うこんしょうげん》さまのもとへでございますか」

「他におるのか。無駄なたしかめをいたすな」

機嫌の悪い吉宗が叱った。

「申しわけございませぬ」

聡四郎は謝った。

「使者の用件をお聞かせ願いたく」

「適当に脅して来い」

問うた聡四郎に、吉宗が告げた。

「…………」

あまりの指示に、聡四郎は唖然とした。

「どうした。それくらいのこともできぬのか」

「水城、返答を」

吉宗があきれ、加納近江守が注意をした。

「……はっ」

主命である。聡四郎は平伏した。

「言わずともわかっておろうが……躬は怒っておる」

「存じておりまする」

荒らげてはいないが、吉宗の声には殺気が籠《こ》もっていた。

「右近将監が、躬の顔を見られぬくらい、脅して参れ」

「できるだけはいたしまする」

他人を脅した経験はさほどない。剣術の遣《や》り取《と》りで、相手を萎縮《いしゅく》させるために脅すようなことを口にするが、それとはまったく別の話であった。

「上使だ。そなたの家の者は使えまい。御広敷伊賀者を供に使え。行け」

「ただちに」

手を振る吉宗にもう一度頭を下げて聡四郎は、御休息の間を後にした。

「上様」

「ふん」

咎めるような口調の加納近江守に、吉宗は鼻を鳴らした。

「水城が危のうございましょう」

「館林が水城を襲うと言いたいのであろう」

「おわかりならば、なぜ」

加納近江守が尋ねた。

「館林がどこまで愚かなのか見るためと、本当に右近将監は将軍となることを望んでいるのかを確認するためよ」

吉宗が答えた。

「躬の使者となれば、右近将監も会わぬというわけにはいくまい。会えば、真意がどうかわかろう」

さらに吉宗が足した。

「五菜が竹姫を襲おうとした。こう言われたときの反応次第で、右近将監が命じたかどうかも知れよう」

「それを水城に見抜けと」

「うむ。あやつはできる。なんのために厚化粧で心を隠している女どもの相手をさせてきたと思うのだ」

吉宗が言った。

「あやつは剣術遣いだ。もとより相手の狙いを見抜く力は持っておる。ただ、それが普段遣えておらぬのは、無意識に相手は善だと思いこんでいるからよ。それでは政《まつりごと》はできぬ。親鸞《しんらん》でもあるまいし、善人なほもて往生《おうじょう》をとぐ、いはんや悪人をやではないぞ」

悪人正機《あくにんしょうき》を吉宗が引用した。

「上様、それは意味が違いましょう。悪人正機は、浄土真宗《じょうどしんしゅう》の根本。末法《まっぽう》の世で、自らを悪人と認識した衆愚《しゅうぐ》こそ、救済されるべきであるという教えでございまする」

加納近江守が苦言を呈した。

「躬の言いたいことが伝わればよいわ」

吉宗が嘯《うそぶ》いた。

「話を戻すぞ。もし、今回のことを含めて、右近将監の策であるというならば、館林は潰す。理由などどうでもつけられる」

「違うときは……」

「家老あたりの独断ならば、そやつを殺す。その後で、館林を移そう。奥州《おうしゅう》でも九州《きゅうしゅう》でもよい。江戸へ出るに苦労するところへとな」

冷たく吉宗が宣した。

「さて、水城が城外に行くならば、躬は城内で戦おう」

吉宗が決意を見せた。

「少し早いが風呂に入る。今宵は大奥で夕餉じゃ。竹に汚いと思われるわけにはいかぬでな」

将軍は大奥の風呂を使えなかった。吉宗は、腰を上げた。

「おるか」

立ちあがった吉宗が天井へ声をかけた。

「これに……」

天井裏から返答があった。

「天英院を見張れ。どこかへ連絡を取ろうとする。あるいは、人を大奥から出そうとしたならば……」

「止めまするか」

「いや、どこへ行くかを確かめよ。書状ならば、中身を確かめよ」

「はっ」

天井裏に控えている庭之者が受けた。

「要るならば、御広敷伊賀者を使え。何人でもかまわぬ。ただし、竹姫の警固だけは外すな」

「お任せを」

庭之者が応じた。

「……水城の陰供《かげとも》に伊賀者を付けろ」

「何人出しましょう」

「二人でよかろう。手出しはせず、見張るだけでよいと念を押しておけ。ただし、馬鹿が飛び道具を使いそうになったときは、始末させよ」

「わかりましてございまする」

吉宗の指示に、庭之者が従った。

第二章　使者の仕事

一

大名屋敷の大門は、普段閉じられている。藩主、その一門、格上の家柄の者、家中の重職などの出入りのときだけ開かれた。その代わり、門脇の潜《くぐ》りはいつでも出入りできた。もちろん、門限を過ぎて日の出までは、門を開けてもらわねばならないが、通行を妨げられることはない。

吉宗に命じられた聡四郎が館林松平家上屋敷に着いたのは、門限の寸前であった。すでに門番として立っていなければならない足軽《あしがる》の姿はなく、館林松平家の大門は静かであった。

「上使である」

大声をあげたのは、聡四郎の警固の体《てい》で供してきた御広敷伊賀者の山崎伊織《やまざきいおり》であった。

「な、なんでござろう」

潜り戸が開いて、なかから門番が出てきた。

「御広敷用人水城聡四郎である。上意をもって参上いたした」

聡四郎も名乗りを上げた。

「へ、へへえ」

門番足軽があわてて膝をついた。

「右近将監に伝えよ」

上使は将軍と同格とされる。聡四郎は館林藩主松平清武を官名で呼び捨てにした。

「し、しばし、お待ちを」

急いで門番足軽が、屋敷のなかへと引っこんだ。

「会うかな」

「難しいところでございましょう」

聡四郎の問いに、山崎伊織が首を振った。

「今回のことが、右近将監さまの指示ならば、上様への反抗になりまする。会って

「そして家老あたりの独断ならば、今回のことを右近将監に聞かれては身の破滅」

詰問されてはつごうが悪い」

山崎伊織に聡四郎が続けた。

「……病を言い立てて、家老あたりが代理を務めましょう」

「だろうな」

二人が顔を見合わせた。

「待たせるな」

「必死で策をたてようとしておるのでございましょう」

上使を待たせるという愚挙《ぐきょ》に聡四郎はあきれ、山崎伊織が冷たく笑った。

「門を開けよ」

内側から声がして、大門がゆっくりと開かれた。

「どうやら上使とは認めたようだ」

しばらくして全部開かれた大門に、聡四郎は呟いた。

「帰りが剣呑《けんのん》になりました」

「ああ」

山崎伊織の懸念を、聡四郎も認めた。

大門を開けた。どこかで誰かが、聡四郎たちの入門を見ているかも知れないのだ。門内で二人を密かに殺して隠すということはできなかった。入った姿は見ても、出てきたのは見ていないとなれば、使いを出した吉宗が動く。

大目付《おおめつけ》、目付を総動員して、館林の粗《あら》を探す。

どこの大名も、少しは臑《すね》に傷があった。それが先々代将軍家宣の弟だとしても同じである。隠し田、失政などのない大名はいない。もちろん、幕府もそれを知っていながら、黙認している。あまり小さいことで咎めていれば、浪人を増やすだけでなく、幕府への不満が大きくなっていく。四代将軍家綱《いえつな》の御世《みよ》にあった由井正雪《ゆいしようせつ》の乱をもう一度起こすわけにはいかないので、見逃しているだけであった。

「大変お待たせをいたし申しわけございませぬ。わたくし当家江戸家老山城帯刀《やまきたてわき》にございまする」

門のなかで山城帯刀が頭を下げた。

「御広敷用人水城聡四郎である」

「……御広敷用人さまが、上使とはお珍しい」

山城帯刀がわざとらしく驚いた。

「上様、直々《じきじき》のご命である」

聡四郎は険しい声を出した。

「失礼をいたしましてございまする。平にご容赦を」

疑ったことを山城帯刀が詫びた。

「二度はない」

聡四郎が釘を刺した。

「こちらへ」

山城帯刀が先導した。

「わたくしはここで」

玄関で山崎伊織が言った。

「うむ」

聡四郎はうなずいた。

「こちらへお出でくださいませ」

別の藩士に山崎伊織が連れられていった。

「どうぞ」

玄関を上がった山城帯刀は、聡四郎を屋敷の奥へと案内した。

「あちらへ」

大広間へ入った山城帯刀が上座を示し、己は下座で平伏した。

「………」

床の間を背にして、聡四郎は立った。

「右近将監はいかがいたした」

大広間には山城帯刀しかいない。聡四郎は訊いた。

「あいにく、体調を崩し、伏せっております。上使さまにご無礼があってはならぬと、主は遠慮させていただきまする」

山城帯刀が平伏したまま告げた。

「さようか」

いかに上使といえども、病の者に無理強いはできなかった。聡四郎は右近将監の欠席を認めた。

「控えよ。上意を伝える」

立ったままで聡四郎は声を厳しいものにした。

「ははっ」

山城帯刀が、一層深く頭を下げた。

「館林藩厩番野尻力太郎儀、不埒千万《ふらちせんばん》につき、処断をいたすものなり」

適当に脅してこいと命じられた聡四郎は、野尻力太郎の処分は決まっていないのを知りながら、死罪にすると言った。

「怖れながら……」

山城帯刀が、少しだけ顔をあげた。

「野尻力太郎などと申す者は、当家にはおりませぬ」

「ほう、おもしろいことを言う」

わかっていた対応である。聡四郎は笑った。

「江戸家老が、厩番のことまで把握しているというのだな」

「はい。江戸家老は主に代わって、江戸屋敷をお預かりするのが役目。江戸屋敷におるものすべてを知らずして務まりませぬ」

いけしゃあしゃあと山城帯刀が答えた。

「見事と褒めよう。では、訊く。先ほど大門前にいた足軽の名前を申せ」

「門番足軽でございまするか」

聡四郎の質問に、山城帯刀が戸惑った。

「厩番を訊くとでも思ったか」

皮肉を言うように、聡四郎は口の端を吊り上げた。

「つっ……」

山城帯刀が唇を噛んだ。

「大奥で野尻が失敗したことは、すぐに天英院から報せが参ったであろう。よって対策を取っていたのだろうが、甘い」

聡四郎は断じた。

「お方さまのお名前を出すとは、いかに上使さまといえども、無礼でござろう。それなりの覚悟がおありでござろうな。お方さまがいかにもかかわっていたような言い様は聞き捨てなりませぬぞ」

切り返すように山城帯刀が叫んだ。

「拙者は上様のご意向を受けてここにおると最初に申したはずだ」

「……それはっ」

「上様がなにをなさろうとも、無礼などにはならぬ。上様は天下人であるぞ」

「まさか……」

山城帯刀が絶句した。

「……上様は天英院さまに手出しをなさるおつもりか。天英院さまは、義理とはいえ、上様の祖母にあたるお方でござるぞ」

「最初に孫に手出しをしたのは、祖母であろうが」

「しかし、長幼の礼を守らぬのは、天下乱れのもとでございましょう」

「長幼だと。それを言うならば、上様はなんだ」

「なんだとは……」

質問の意味がわからないと山城帯刀が困惑した。

「上様は征夷大将軍である。武家の統領と言い換えてもよろしかろう。しかし、長幼の礼というならば、どうみてもそなたのほうが上様より年長だ。では、上様はそなたに礼を取らねばならぬのだな」

「それは詭弁《きべん》でござろう」

山城帯刀が無理な論法だと、聡四郎を責めた。

「いいや、詭弁ではない。そなたは今、上様より天英院が上だと申した。これは上様にご報告いたさねばならぬ」

「…………」

「神君家康《しんくんいえやす》さまが秀忠《ひでただ》さまに将軍を譲られたあとは、秀忠さまに遠慮されたと聞く。お言葉遣いも親子ではなく、臣下に近いものへと変えられたともな。そなたの言は、それをも否定するものじゃ」

黙った山城帯刀を、聡四郎は追撃した。

「上様のお言葉を伝える」

「はっ」

山城帯刀が額を畳に押しつけた。

「これ以上竹に手出しをするならば、相応の覚悟をいたせとのことじゃ。わかったな」

「…………」

山城帯刀が無言で平伏した。

「お待ちを」

そのまま出ていこうとした聡四郎を山城帯刀が引き留めた。

「なんじゃ」

「ただいま膳の用意をいたしておりますれば、一献《いっこん》」

「不要である」

接待すると言った山城帯刀を、聡四郎は拒絶した。

「詳細をお聞かせいただきたく」

上使は将軍の言葉を伝言するだけでなく、どうすればいいかを同時に教えるのが役目である。通常、上使を迎えた家では、酒食を用意して、助言をもらうのが慣例であった。

「お供の方には、すでに……」

山崎伊織には酒が出されていると山城帯刀が告げた。

「ふむう。急《せ》かすのは哀れじゃな」

聡四郎は考えた。

伊賀者は貧しい。貧しいがゆえに、探索御用で得られる余得を惜しみ、それを奪った吉宗に反した。日頃口にできないような馳走《ちそう》が出されていたとすれば、それを中途で止めさせるのも哀れであった。

「わかった。少しだけ世話になろう」

「かたじけのうござる。おい」

山城帯刀が手を叩いた。

「はっ」

すでに待機していたのだろう、すぐに襖が開いて二人の藩士が、それぞれに膳を掲げて入ってきた。

「ご相伴《しょうばん》させていただきまする。まずは毒味を」

「要らぬ」

盃を干そうとした山城帯刀を聡四郎は制した。

「毒を盛るほど愚かではあるまい。毒を飼われて死んだとあれば、明日には館林は消えている」

「…………」

苛烈《かれつ》な言い方をした聡四郎に、山城帯刀が鼻白んだ。

「いただこう」

聡四郎は藩士に盃をつきだした。

「ごめん」

藩士が酒を注いだ。

「……良い酒だ」

一気に呷《あお》った聡四郎は、酒を褒めた。

「どうぞ。代わりも用意いたしておりますれば」

「御用の途中で酔うわけにはいかぬ。酒はこれだけでいい」

勧める山城帯刀に、聡四郎は盃を伏せることで応じた。

「これは鯉《こい》か」

「国元の名物でござる」

「……うまいな」

一口食べた聡四郎が感嘆した。

「川で獲《と》れた鯉を、清水の湧く井戸で十日飼うのがこつだそうでございまする。清水で泥が抜けて、臭みが消えるとか」

「海のない地方の智恵だな」

聡四郎は納得した。

上野《こうずけ》の国に海はない。江戸のように海の魚を手に入れるのは容易ではなかった。

「……馳走であった」

しっかりと膳の上の食べものを片づけた聡四郎は、白湯《さゆ》を一杯呑んで腰を上げた。

「お粗末でございました。ご上使さま……さきほどの上様のご指示は」

具体的な対応を山城帯刀が尋ねた。

「簡単である」

聡四郎は山城帯刀を睨みつけた。

「館林が臣の分《ぶん》を守ればよい」

「むう」

野望を捨てろと言った聡四郎に、山城帯刀が唸《うな》った。

「もうよかろう」

「……かたじけのうございました」

今度は山城帯刀も引き留めなかった。

「山崎」

「これに」

玄関で山崎伊織が帰る用意をすませていた。

「では、きっと伝えたぞ」

「………………」

言葉で応えず、山城帯刀は無言で一礼した。

「参ろう」

聡四郎は山崎伊織を促した。

二

屋敷の外はすっかり夜になっていた。

「うまかったか」

「はい。ご用人さまは」

「味などわからん」

問われた聡四郎が山崎伊織へ答えた。

「それでも、ご用人さまは肚《はら》が据わっておられる。普通ならばされぬとわかっていても毒を怖れて、箸をつけぬものでございましょうに」

山崎伊織が感心した。

「ときを欲しがっていたからな」

「おわかりでございましたか」

聡四郎の答えに山崎伊織がほほえんだ。

「刺客《しかく》を、送り狼を用意するのに手間取ったのだろうな」

「誰が出て参りましょうや」

「藩士であろう。刺客を生業《なりわい》とする無頼《ぶらい》を手配するだけの余裕はあるまい」

山崎伊織の質問に、聡四郎は推察を述べた。

「おそらく」

同じ考えだと山崎伊織が言った。

「館林の屋敷が見えなくなった。そろそろであろう」

「承知」

警戒するぞと聡四郎が口にし、山崎伊織がうなずいた。

「……おりました」

そこから少し歩いたところで山崎伊織が小声で警報を発した。

「どこだ」

「三つ向こうの辻、左右の路地」

短く山崎伊織が告げた。

「数はわかるか」

「四人までは確認」

問いに山崎が答えた。

「後ろからも来たようでございまする。足音が二つ」

「なにも聞こえぬぞ。いや、すごいな、忍は」

報告に耳をすました聡四郎が、首を左右に振った。

「忍の耳は格別でございますれば」

褒められた山崎伊織が、少し得意そうな顔をした。

「剣は遣えるな」

「ひととおりは。ですが、わたくしは剣よりも拳が得意でござる」

山崎伊織が拳を握って見せた。

「剣相手に素手でだいじないのか」

「これをはめますゆえ」

懐から山崎伊織が籠手《こて》のようなものを出した。

「それは……」

「鎖を編んだ籠手でござる。これならば、槍か弓でもない限り、防げまする」

山崎伊織がすばやく籠手をはめた。

「まず、後ろの二人を片づける。数の差を縮め、挟み討ちを避ける」

「承知」

策を二人は打ち合わせた。

「振り向いての左を任せる」

「…………」

無言で首肯した山崎伊織が、駆けだした。

「疾《はや》いな」

感心しながら、聡四郎も走った。

左の対応をさせたのは、太刀《たち》で左側の人物を襲うには、抜いて持ちなおしてという一手間がいるからであった。己の右側の敵ならば、そのまま抜き討ちに襲いかかることができる。

「なっ」

「気づかれたか」

襲いかかられた背後の二人が慌てた。

「おう」

それでも抜き合わせるだけの技量は持っていた。背後の二人が太刀を構えて待ちかまえた。

「ふっ」

山崎伊織がまず躍りかかった。

「無手で来るとは愚かな」

若い藩士が余裕で迎え撃った。

「死ね」

太刀を振り落とした若い藩士に、山崎伊織が反応した。

「……やっ」

小さな気合いで、山崎伊織は右手で太刀を打ち返した。

「馬鹿な、素手で太刀を……」

太刀を受け止めるどころか、弾き返された若い藩士が絶句した。

「ふん」

一瞬呆然とした若い藩士を、山崎伊織が笑いながら殴りつけた。

「ぎゃっ」

鎖を巻いた拳で顔面をへこまされた若い藩士が崩れた。鼻の真下、人中《じんちゆう》という
そこは急所であった。

「終わり」

若い藩士が絶息しているのを確認した山崎伊織が、振り向いた。

「間に合わぬとはの。心得のない連中だ」

先の辻で待ち伏せしていた連中との間に、かなりの距離があることを確認して、
山崎伊織が嘲笑を浮かべた。

「やあ」

走りながら聡四郎は、太刀を居合いに遣った。

「なんの」

斬り上げてくる太刀を、もう一人の藩士が受けた。

抜き討ちの一撃は下から上へと伸びる。なにより、全身の力を刀に集める一放《いっぽう》流《りゅう》免許の聡四郎の一刀は速い。当然、受け止めるほうは少し遅れ気味になる。そのため、太刀と太刀がぶつかったとき、鍔《つば》迫《ぜ》り合いの高さは、藩士の肩の位置と高くなった。

太刀は重い。自分の肩よりも高い位置で支えるのはつらい。なによりも胴ががら空きになっているのだ。

「くそっ……」

藩士が急いで太刀に力を加えてきた。

「愚かなり」

聡四郎はぶつかりあった太刀の刃を支点にして、身体を左へと回した。力を上から加えた藩士の腰は浮いている。なんなく聡四郎は体勢を変えられた。

「こいつ……」

己の右側へと引きずられたもう一人の藩士が、聡四郎の意図に気づいて舌打ちをした。

人は太刀を持ったままで、己の右側へと体《たい》を開きにくい。これは太刀を摑《つか》むとき、右手が前、左手が後ろに位置することにもかんしている。他にも右手が利き腕とされる剣術である。己の利き腕側に回り込まれたとき、その対応にはどうしても脇を開かなければならないからでもあった。

「遅いわ」

聡四郎は回りながら、しっかりと相手を見ていた。あわてて鍔迫り合いから逃げようと利き足を下げた敵の残った足を踏みつけた。

「ぎゃっ」

足の甲を砕かれる勢いで踏まれた藩士が絶叫した。

人は痛みを感じると緊張する。耐えようと全身に力が入る。これは本能であり、訓練でましにはできるが、完全に払拭するのは難しい。

そして身体に力が入れば、筋が固くなり、動きは鈍くなる。

「えいっ」

鍔迫り合いを外れていた太刀を、聡四郎は無情に突きだした。

「……ぐへ」

鳩尾《みぞおち》を突き通されて藩士が絶息した。

「山崎」

いつでも援護のとれるようにしていた山崎伊織に聡四郎は声をかけた。

「あと五間《けん》（約九メートル）」

聡四郎の意図をくみ取った山崎伊織が、迫り来る前からの敵までの距離を報告した。

「十分だ」

うなずいた聡四郎は体勢を整えた。

「きさまらあ」

「よくも仲間を」

顔面をゆがめながら四人の藩士が近づいてきた。

「襲われたから対応した。なにか問題でもあるのか」

聡四郎は冷静に反論した。

「黙れ。仇《かたき》じゃ」

「おうよ。きっと討つ」

三間（約五・四メートル）ほど離れたところで、四人が足を止めた。

「菅原《すがわら》、田代《たしろ》。二人で用人を。青山《あおやま》、儂《わし》とともに小者を」

「承知した」

「任せよ」

もっとも年嵩《としかさ》な藩士の指示に、残りの三人が同意した。

「一人くらい生かして捕らえましょうや」

平静な声で山崎伊織が尋ねた。

「連れていくのも面倒だ。どうせ、喋《しゃべ》るまい」

聡四郎は首を左右に振った。

「伊賀問いに耐えられる者などおりませぬ」

吐かせてみせると山崎伊織が断言した。

「先ほどの家老が認めまい。浮浪の輩の妄言《もうげん》を信じるのかと切り捨ててくるだろう」

証拠もない自白だけでは、家宣の弟を咎め立てではできなかった。

「なるほど、さようでございますか。こやつらはただの使い捨てだと」

冷たい声で山崎伊織が四人を嘲《あざけ》った。

「使い捨てならば、まだよかろう。それどころか厄介《やっかい》払いではないか」

それに聡四郎は輪をかけた。

「きさま……」

「無礼な」

月明かりでもわかるほど、四人の顔色が赤くなった。

「思い知らせてやる」

「藩でも有数の遣い手といわれた我らの剣を、身をもって味わえ」

あっさり挑発に乗った二人が、聡四郎と山崎伊織へと向かってきた。

「来いっ」

「……………」

気迫を口にして聡四郎が、無言で山崎伊織が応じた。

「続くぞ。田代」

「はい。西岡《にしおか》どの」

残った二人も出てきた。

「ふっ」

山崎伊織が不意にしゃがんだ。

「どこだ」

目の前から消えた山崎伊織に、一瞬青山の対応が遅れた。

「りゃっ」

屈《かが》みこんだ形になった山崎伊織が、その体勢のまま、右足を水平に突き出した。

「ぎゃっ」

臑をしたたかに蹴られた青山が、呻いた。

「させるか」

西岡と呼ばれた年嵩の藩士が、太刀を振って、青山に止《とど》めを刺そうとした山崎伊織の追撃を防いだ。

「ほう」

しっかりとした援護に、山崎伊織が感心した。

「しかし……」

追撃を中断させるために出された太刀を山崎伊織が蹴った。

「……なにっ。仕込み草鞋《わらじ》か」

太刀から火花が散り、刃が欠けたのを見た西岡が目を剝《む》いた。

「その手もそうか。刀を遣わぬ体術とはの。きさま、武士ではないな」

西岡が警戒した。

「ふっ……」

見抜かれた山崎伊織が笑った。

「なにがおかしい」

無手と見せかけての仕込みは、その武具を見抜かれたらば終わりである。奇襲が前もってばれていたのと同じで、強みはなくなる。だが、山崎伊織は西岡が驚くほど、余裕を持っていた。

「はっ」

小さく気合いを発した山崎伊織が、前へ出た。

「なんの」

西岡が山崎伊織の拳を切っ先でいなした。

「儂が、こやつを抑えているうちに体勢を整えろ」

青山に西岡が指示した。

「……青山」

返答がないことに西岡が怪訝な顔をした。

「死人は応えぬ」

氷のような声で山崎伊織が述べた。

「なんだと……あ、青山」

倒れている青山に目を向けた西岡が息を呑んだ。青山の喉に五寸（約十五センチメートル）ほどの手裏剣が刺さっていた。

「きさま……いつの間に」

西岡が目を剝いた。

「見えていなかったようだな。殴りかかりつつ、手の内に仕込んだ手裏剣を投げつけたのが」

「なんだと……」

嘲笑された西岡が怒った。

「こうやってな」

離れたところから、山崎伊織が手を振った。

「喰らうか」

飛んできた手裏剣を西岡が弾いた。

「種のわかった手妻《てづま》など……えっ」

西岡が言いかけて言葉を失った。

いつの間にか、山崎伊織が目の前にいた。

「同じ手を二度遣うわけなどなかろう」

「わああ」

息がかかるほど近くに山崎伊織の顔を見て、西岡が叫び声をあげた。

「喰らえ」

「ちい」

咄嗟《とっさ》に西岡が身体を投げ出して、山崎伊織の拳を避《よ》けた。

「お見事と褒《ほ》めてやろう。だが、転がってはどうしようもなかろう」

山崎伊織が、二間（約三・六メートル）ほど間合いを空けて言った。

「…………」

西岡が山崎伊織を睨みつけた。

地に倒れた者は攻撃しにくい。槍ならばまだしも、刃渡りが三尺（約九十センチメートル）ない太刀では届かないのだ。これは腕が肩の位置に付いているためである。まっすぐ立ったままでは、切っ先は地に触れない。転がっている者に太刀を届かせようと思うならば、その真隣、あるいは真上に位置を取り、腰あるいは膝を曲げないとならない。そのためには倒れている者の間合いに入らなければならない。もし、地に伏している者が手に太刀を持っていれば、近づく前に臑を討たれることになる。

もっとも、転がっている者の攻撃も限定される。太刀が手にあっても、その刃渡り以上の間合いを生み出せない。動けないからだ。

なにより転がった状態から、立ちあがるときには大きく重心が移動するため、どのような名人上手であっても、しっかりとした攻撃は出せないし、襲われたときの防御や回避も難しい。寝ているほうとしては、相手が近づいてくれるのを待つしかない。

かといって、いつまでも寝てはいられない。不利な状況に居続けると戦うだけの気迫を維持できなくなるからだ。

気持ちで負ける。これは勝負での敗退でもあった。

「そちらからも手出しできまい」

西岡が嘯《うそぶ》いた。

「忘れていないか。拙者には手裏剣があることを」

あきれた山崎伊織が手裏剣を見せた。

「あっ……卑怯《ひきょう》な」

西岡が蒼白《そうはく》になった。

「夜陰《やいん》に他人を襲う。武士として恥じるまねをしたことを後悔しろ」

感情のない声で告げて、山崎伊織が手裏剣を続けて投げた。

「くっ……がはっ」

一つ目を防いだ西岡に、二本目が刺さった。

「他愛のない。ご用人さまは……」

山崎伊織が、聡四郎を見た。

「せいっ」

二人に左右から斬りかかられた聡四郎は、青眼《せいがん》の構えを取った。

上段の構えは、一撃必殺ではあるが胴をがら空きにする。下段は守りに向いているが、斬り上げるぶんだけ、攻撃が遅くなる。

太刀を軽く動かすだけで、ほとんどの攻撃に対応できる青眼の構えが多数を相手にするときの正解だと聡四郎は考えていた。

「おいっ。西岡と青山がやられたぞ」

菅原が田代に声をかけた。

「従者など放っておけ。用人を倒せばそれでいい」

田代が菅原に落ち着けと言った。

「ああ」

菅原が聡四郎に集中しようとした。

「よいのか。後ろが留守だぞ」

聡四郎は山崎伊織のことをわざと口にした。

「相手になるな。こやつを討てばこちらの勝利だ」

田代が断言した。

「そうか。上様がこのまま見過ごされるとは思えぬがの」

しゃべりながら聡四郎はそっと腰を落とした。

「証がなければ、どうとでもなる」

菅原が言い返した。

「おいっ。相手になるな。従者が来るまでに終わらせねばならぬ」

「そうであったな」

急かした田代に菅原が同意した。

「行くぞ」

菅原が太刀を振りあげて、近づいてきた。

「ああ」

うなずいた田代が続いた。

「おうりゃああ」

大声をあげた菅原が、太刀を落としてきた。

「…………」

聡四郎は田代に注意を向けながら、冷静に間合いを読んだ。

「届かぬ」

菅原の一撃は体勢を崩させるためのものだと聡四郎は悟った。一刀を避けるために動いた体勢の崩れを、田代に狙わせる策であった。

「……えっ」

目の前を過ぎていく切っ先に、動揺さえしない聡四郎に菅原が驚いた。

「邪魔だ。下がれ」

動きを止めかけた菅原に田代が命じた。

「お、おう」

菅原があわてて半歩身を退いた。

「くらえっ」

田代が青眼から少しだけあげて、そのまま聡四郎へと突っこんできた。

「単純な」

聡四郎は太刀を田代の得物《えもの》へ添わせるようにして、軌道をずらさせた。日本刀の刃は鋭い。当たればあっさりと身を割くが、切れないものに触れたときは滑る。

田代の太刀が、聡四郎の意図したように右側へとずれていった。

「まずい」

必殺の勢いが太刀に載っていた。それが災いした。力をぶつける対象を失った田代の身体は、太刀に釣られて前のめりになった。

「……ふっ」

小さく息を吐くようにして聡四郎は、太刀を上へと撥《は》ね上げた。

「うわっ」

なんとか体勢を保とうとした田代だったが、弾かれそうになった太刀を手放すまいとした。これも悪手《あくしゅ》であった。それが一層身体を前のめりにした。

「胴ががら空きだ」

告げて聡四郎は、田代の太刀を弾きとばして白刃を走らせた。

聡四郎の一刀があっさりと田代の左脇腹を裂いた。

「あああああ」

田代が絶叫した。

肝臓のある右と違い、左には重要な臓器はない。代わりに腸が詰まっている。普段は腹回りの筋と腹膜で押さえつけられているが、その抑止がなくなればあふれ出す。

着物のお陰で、直接の傷口は三寸（約九センチメートル）を少しこえるていどだったが、腸が暴れ出すには十分な隙間であった。

「腹のなかが軽くなる……わっ。ま、待て。出るな」

異常に気づいた田代があれだけ執着した太刀を捨てて、両手で左脇腹を押さえた。

「無駄なことを。腹を破られれば助からぬ」

駆け寄ってきた山崎伊織が冷酷に宣した。

「腹をやられても即死はしない。だが、やがて高熱を発し、三日三晩もがき苦しんだあとで……」

「い、嫌だ。死にたくない」

田代がすがるような目で聡四郎を見た。

「あ、あわあわ」

血塗れの腸を抱えながら泣く田代の無惨な姿に菅原が腰を抜かした。

「どういたしましょうや」

股間を濡らしていく菅原に、眉をひそめながら山崎伊織が問うた。

「そいつを確保してくれ」

聡四郎は菅原を捕まえるようにと指示した。

「先ほどは要らぬと仰せでしたが」

山崎伊織が嫌みを述べた。

「嫌がらせには使えよう」

「なるほど」

聡四郎の言葉に山崎伊織が首肯した。

「襲撃に失敗し、出ていった者は全滅……だが、一人分の死体が足りないとなれば、山城帯刀はどうするであろうな」

「上様同様ご用人さまも人が悪い。さすがは義理とはいえ、親子だけのことはございますな」

山崎伊織があきれた。

「それぐらいはいいだろう。こちらは命を狙われたのだ」

「反対はいたしませぬ」

応えた聡四郎に、山崎伊織が笑った。

「ひっ……来るな」

歩み寄ってきた山崎伊織に、菅原が両手を突きだした。

「最初に近づいたのはそっちだぞ。拙者としても男の身体なんぞに触れたくはないがな、上司の言うことには従わねばならぬでの」

鼻先で笑いながら、山崎伊織が菅原の首に当て身を入れた。

「ぐっ」

急所を強打された菅原が意識を失った。

「山崎」

「なにか」

菅原を刀の下緒《さげお》で縛りながら、山崎伊織が応じた。

「本気で殺しに来たと思うか」

「……いいえ」

聡四郎の問いに山崎伊織が首を横に振った。

「真剣に我らを始末するつもりならば、少なくともこの倍、そこに弓か鉄炮の飛び道具が要りましょう」

山崎伊織が告げた。

「だな。少なくとも向こうは、拙者の力を知っているはず」

何度となく聡四郎は、刺客に襲われている。もっともその半分は御広敷伊賀組の者であったが、残りはまず館林だとしか考えられなかった。

「で、なんのための襲撃だ」

聡四郎は首をかしげた。

「わかりませぬ。もう一度館林の屋敷に戻って、家老どのに訊かれるしか手はありますまい」

山崎伊織もわからないと言った。

「……帰ろう」

聡四郎は御広敷へと足を動かした。

三

将軍が生活している中奥御休息の間から、大奥は近い。といっても長い廊下を進まねばならない。上の御錠口を過ぎた吉宗は、いつものように小座敷へと案内された。

「躬は竹の局へ参ると伝えたはずだが」

吉宗が機嫌の悪い声を出した。

「しばし、お待ちを」

御錠口番の女中が平伏した。

「上様」

「姉小路か」

待たせたというほどもなく、天英院付きの上臈姉小路が現れた。

「そなたの指示か」

「……上様、慣例をお破りになられるのはいかがかと」

怒気《どき》も露《あら》わな吉宗に、一瞬気圧《けお》されながらも姉小路が言った。

「慣例……」

「はい。上様は紀州よりお見えゆえ、ご存じないことでございましょうが、大奥には代々受け継がれてきた決まりがございまする」

吉宗を紀州の田舎者と姉小路が暗に皮肉った。

「よい度胸だ」

「…………」

凄みのある笑みを浮かべた吉宗に姉小路が気圧された。

「躬が紀州出身なのはまちがっておらぬ。先を申せ」

吉宗が促した。

「ただし、神君が三河《みかわ》の出であることも考えて口にしろ」

紀州が田舎ならば、三河も同じ。吉宗を下に見るということは、家康を格下扱いするのと同じだと釘を刺した。

「……はい」

思わず姉小路がうなずいた。

「将軍家は大奥で御台所の館以外に足を運ばれないという決まりがございまする」

「では、その決まりを記したものを持ってこい」

「えっ……」

吉宗の求めに、姉小路が詰まった。

「武家諸法度《ぶけしょはっと》、禁中 並《きんちゅうならびに》公家諸法度、どちらも明文化されて公布されておる。ゆえに天下万民は従わねばならぬ。当然、大奥の決まりもそうであろう。決めた者の名前、身分を明らかにしたものを出せ」

「さようなものはございませぬ。これは春日局さまが、お決めになられたことを代々厳守して参ったもので……」

「黙れ」

姉小路の言いわけを吉宗が遮った。

「言い伝えなどという曖昧《あいまい》なもので、将軍の行動を縛るというか、そなたは」

「歴代の上様は、皆、お従いくださいました」

姉小路が抗弁した。

「証拠《あかし》はどこにある。春日局以降だというならば、家光《いえみつ》さま以下五人の将軍が大奥に足を踏み入れたはず。七代家継さまは別としても、残り四人の将軍が、そのしきたりに従ったという証を出せ」

吉宗が手を前に突きだした。

「そのようなものはございませぬ」

「ならば、真実《まこと》とは認められぬな」

ないと言った姉小路に、吉宗が断じた。

「ですが、これは大奥が春日局さま以来守り通してきた」

「口を閉じろ」

まだ言いつのろうとする姉小路に吉宗が命じた。

「なっ……」

生まれて初めて浴びせられた言葉に、姉小路が絶句した。

「意味のないことばかり、さえずるな」

「……い、意味のないことでは……」

「春日局、春日局となにかあれば口にするが、春日局が何ほどの者か。たかが乳母《うば》ではないか」

「な、なにを言われまする」

吉宗の暴言に姉小路が目を剝いた。

「春日局さまは、家光さまを三代将軍の座におつけになったお方でございまする。そしてその功績で、死後従一位《じゆいちい》という位を贈られたお方」

「それがどうかしたのか。死後に官位を与える、追贈などどこにでもあろうが」

あっさりと吉宗が切って捨てた。

「そなたは勘違いをしている。春日局は将軍生母でも御台所でもない。ただの乳母じゃ。まちがえるな」

あきれた口調で、吉宗が述べた。

「生母でも御台所でもない者が決めた慣例を、将軍たる躬が守らねばならぬ理由はない」

　吉宗が告げた。

「大奥を軽く見られるおつもりか」

　姉小路が気色《けしき》ばんだ。

「大奥が特別だと、誰が決めた。春日局だと言うなよ。たかが乳母にそのような権限はない」

「うっ……」

　厳しい吉宗の声に、姉小路が口ごもった。

「大奥といえども、江戸城の一部である。そして江戸城の主は将軍。すなわち躬である。大奥も躬の支配下にある」

「今までの慣例をなかったものになさるおつもりでございまするか」

　姉小路が興奮した。

「慣例にも要るものと要らぬものがある。躬は要らぬものを捨てる。大奥の主人が御台所であるということは、認めてやろう。でなければ、大奥の秩序が保てまいゆえな。だが、それ以外は不要だ」

「大奥をないがしろに、いや、骨抜きになさると仰せか。そのようなまね、決して許されませぬ。大奥は敵となりましょう」

姉小路が反した。

「大奥は敵か。おもしろい」

にやりと吉宗が笑った。

「ひっ……」

獲物を見つけたどう猛な表情になった吉宗に、姉小路が退いた。

「敵というならば、よろしかろう」

吉宗が立ちあがった。

「明日以降、竹姫の局以外への扶持は一切停止する」

「……な、なにを」

一瞬理解できなかったのか、姉小路の反応が遅れた。

「当たり前であろうが。敵に金をやる馬鹿はおらぬわ」

「それは、あまりでございましょう」

「どちらがあまりじゃ。金を幕府からもらっておきながら、なに一つ返せておらぬではないか。六代家宣公の早すぎる死の一端は大奥にある。天下の政をなすという気苦労を重ねた将軍を、大奥は癒《いや》せなかった。なによりも七代家継公だ。大奥にずっと囲われておりながら、八歳で亡くなったではないか。大奥がしっかりと家継公のご健康を勘案していれば、防げたはずじゃ」

「大奥のせいだと言われるか」

さすがに黙ってはいられない。姉小路が怒った。

「少なくとも躬のせいではないな」

姉小路の怒気を、吉宗は鼻先であしらった。

「さて、もうよかろう。迎えも来たようじゃしの」

吉宗が頰をゆるめた。

「……鹿野、何しに参った」

小座敷の出入り口を振り返った姉小路が、竹姫付きの中臈を見つけ、叱りつけた。

「竹姫さまより、上様をご案内するようにと命じられましたので」

鹿野が答えた。

「ならぬ。上様は小座敷よりお出になられぬ。行かれるとしたならば、天英院さまのお館のみである」

姉小路が鹿野を追い返そうとした。

「鹿野、大儀である。案内いたせ」

姉小路を無視して、吉宗が小座敷を出ようとした。

「お止めいたせ」

大声で姉小路が命じた。

「はっ」

「はい」

小座敷の片隅に控えていた別式女《べっしきめ》が、薙刀《なぎなた》を構えた。

「鹿野を放り出せ」

「直ちに」

別式女が薙刀を鹿野へ突きつけた。

「…………」

鹿野は動じず、じっと吉宗を見上げた。

「ふん」

吉宗が鼻を鳴らし、鹿野の側へ進んだ。

「上様」

あわてて別式女たちが、薙刀を構えた。

「それで躬に斬りつけるつもりか」

「…………」

「姉小路さま」

別式女二人が困惑した。

「将軍を害する、あるいは傷を付けた。いや、武器を向けただけで、立派な謀反人《むほんにん》だ。そなたたちの実家、親類一同、磔《はりつけ》だ」

「ひいいい」

「お許しを」

別式女が薙刀を捨てて、平伏した。

「誰かある」

「これに」

小座敷担当の中臈が、廊下に平伏した。

「この別式女二人を、閉じこめておけ」

「はっ」

中臈が頭を下げた。

「姉小路、追って沙汰をいたすまで、謹慎しておれ」

「…………」

姉小路は返答しなかった。

「参るぞ」

吉宗はそれ以上姉小路にかかわらなかった。

「ご案内つかまつりまする」

鹿野が先導した。

「竹を待たせたか」

吉宗が歩き出した。

四

姉小路は急いで天英院の局へと戻った。

「大奥は敵じゃと申したか。あの田舎者が」

報告を聞いた天英院が激した。

「なにさまのつもりじゃ。紀州の、それも母親が卑しい出のため、父から子と認められもせなんだくせに……」

天英院が吐き捨てた。

「いかがいたしましょう。明日より扶持を停止すると」

「むうう」

姉小路の質問に、天英院が呻いた。

「そうじゃ。明日の朝一番に、老中へ使いを出せ。妾が会いたいとしての」

「老中のどなたに」

「誰でもよい。どうせ、その老中から御用部屋へ伝えさせるゆえ」

天英院が手を振った。

「紀州の田舎者の言うことなど、老中どもが聞くまい。妾の指示とあれば、大奥の扶持停止などという愚挙にそろって反対いたすであろう。老中どもの多くは、家宣さまのお引き立てで立身したのだ。妾の願いを無にはせぬ」

自信をもって天英院が述べた。

「たしかに、お方さまのご恩に報いぬはずはありませぬ」

姉小路が妙手だと感心した。

「いっそ、老中どもを妾の陣営に引き入れるか。皆、あの紀州猿には辟易《へきえき》しておろう」

よいことを思いついたとばかりに天英院が言った。

「できましょうや。老中どもは、申したところで表の役人でございまする。上様に刃向かうところまでは……」

さすがに姉小路が、懸念を表した。

「いや、老中どもも虚仮《こけ》にされていると聞いた。なんでも紀州猿の言うとおりにせねばならず、なんのための執政かわからぬと愚痴を申しておると聞いたぞ」

天英院の言うとおりであった。

七代将軍家継が幼かったため、幕政はそのすべてが老中たち執政たちに任されていた。人というのは、一度手にした権や力を手放したくないものである。

しかし、吉宗はあっさりと老中たちから、大政を取りあげた。今まで、老中の合議で決められていた幕府のすべてが、吉宗の裁可が要るようになった。

どころか、吉宗から通達されることを、御用部屋が追認するだけという形になりつつあった。

それを老中たちが不満に思わないはずはなかった。

老中とは、おおむね五万石から十万石ていどの譜代大名が任じられる。その任は、政だけでなく、大目付、寺社奉行、町奉行、勘定奉行、遠国《おんごく》奉行などを監督し、朝廷にかかわること一切を担当し、大名、旗本の知行《ちぎょう》割りもおこなった。

いわば、幕府のすべてを扱っているといえる。

当然、無能でなれるものではなかった。若年寄《わかどしより》、大坂城代、京都所司代《しょしだい》などを歴任した能吏《のうり》でなければならなかっただけに、自負も強い。

その自負を、吉宗はへし折った。

「一任とは、好き放題にするという意味ではないわ」

吉宗は将軍になるなり、老中たちが求める案件への署名を拒み、精査するようになった。

「些事《さじ》は、わたくしどもにお任せいただき、上様には天下の大事だけをお願いできればと思いまする」

権を取りあげられると感じた老中が、吉宗に飾りものになっていろと暗に言ってきた。

「そなたたちに任せておいたから、幕府の金蔵は空《から》になった。違うのか」

「それは、諸式《しょしき》高騰などがございました。なにより五代さまの……」

「ほう。綱吉さまに責を転嫁するつもりか」

抗弁する老中を吉宗がからかった。

「と、とんでもございませぬ」

「わかった。ならば、明日までに、徳川の蔵を満たす案を持って参れ。それが妥当であるならば、躬は今後一切、口出しせぬ。そなたたちに大政を委任してくれるわ」

「明日までとは、ときがなさすぎまする」

「阿呆。それでよく政をなしているといえるな。この幕府財政にそなたは危機を覚えておらぬのだな。老中に就任してから何年遊んでいる」

「そのようなことはございませぬ」

「では、すでに対策を練っておらねばなるまい。わかっていてなにもせぬ者に政を預けるほど、幕府に余裕はない。明日までに案を献じるか、辞表を書いておけ」

冷たく吉宗が言い捨て、それ以降、老中たちは吉宗の言いなりになっている。

「そこの不満を突くのじゃ」

「しかし、老中の任免は将軍の思うがままでございまする。老中たちがお方さまに与《くみ》しましょうや」

姉小路が難しいと首を左右に振った。

「……たしかに、そうよなあ」

天英院が顎《あご》に手を当てて考えた。

「老中を任じるが将軍ならば、将軍を任じるのは誰じゃ」

「それは朝廷でございまする」

姉小路が天英院の問いという形を取った確認に応じた。

「ならば、朝廷を動かせばいい。妾の父は関白であったのだ。朝廷に手を回し、吉宗の次を任じてもらおう」

天英院が手を打った。

「そのようなことできましょうや」

姉小路が疑問を呈した。

「できよう。将軍を任じるのは朝廷の権じゃ。朝廷から松平右近将監どのに征夷大将軍を与えてもらえばよい。それくらいの手配、父がしてくれようぞ」

「………」

「なにを不安そうな顔をしておる。将軍宣下《せんげ》を朝廷が出せば、吉宗は江戸城の主ではなくなるのだ。さすれば、大奥に何一つできようはずもない」

「ではございまするが……」

まだ姉小路は渋っていた。

「そなた、わかっておるのか」

不意に天英院の声が低くなった。

「お方さま……」

姉小路が驚いた。

「吉宗に、先日の竹姫を汚すという我らの策は知られている。あからさまな証がないとはいえ、このままですむはずはなかろう」

「はい」

もう一度念を押された形になった姉小路が首肯した。

「おとなしくしておれば、嵐が過ぎると最初は思えた。だが、それは甘かったわ。吉宗が竹姫の局へ夕餉を摂りに向かった。これは吉宗の挑発じゃ。あらたな御台所を作り、妾を家宣さま以来守ってきた御台所の地位から引きずりおろすというな」

「……はい」

姉小路もそれくらいのことは理解していた。

「それを座して待つわけにはいかぬ。このままなにもしなければ、妾は終わる。妾が大奥から出るということは、そなたも同じよ。よくて尼寺、悪ければ身一つで実家へ送り返されるぞ」

「それはたまりませぬ」

姉小路が両手で己の身体を抱いた。

天英院の輿入れに同行してきた姉小路は、京の公家の娘であった。近衛家を主《しゆう》筋《すじ》とする枝葉の端で、官位は高いが、家禄は百石をかろうじてこえるていどしかなかった。

百石の年収はおおむね五十両を割りこむ。

五十両といえば、大金には違いないが、公家としての体面をたもてるほどではない。そして姉小路には兄弟姉妹が多かった。家を継げる嫡男はまだいいが、それ以外は自活の道を見つけるしかないのだ。昔ならば、公家の血筋というだけでありがたがって受け入れてくれる寺院も多かったが、何百年も繰り返してしまえば、実家からの扶助が望めない公家の縁者など迷惑に落ちる。娘も嫁にいければいいが、無限に嫁ぎ先があるわけではない。姉小路のように、大奥へ入り、上臈として十分な給金をもらえる者は幸運であった。

その幸運を失い、一族全員満腹になることのない生活を送っている実家へ戻される。罪を得て、幕府から帰された者に、世間は冷たい。まして、すでに姉小路の実家は代替わりし、兄が当主になっている。そこへ、妹が戻される。これがどれほど肩身の狭い思いを強いるものかは、考えるまでもなかった。

「やらねば、やられる。先手必勝と巷間《こうかん》では申すそうではないか」

下卑《げび》た表現を天英院が遣った。

「そのような下卑たことを」

いつものくせで姉小路が天英院を諫めた。

「許せ。このようなときじゃ。さて、筆を用意いたせ。京への書状を認《したた》める」

「はい。そなた、急ぎや」

姉小路が、控えていた中臈に指示した。

「書状は館林に託す。その手配もの」

「……わかりましてございまする」

姉小路が同意した。


竹姫の局は、小座敷からかなり遠い。延々と続く廊下を突きあたり、右に折れてしばらく、ようやく吉宗は竹姫の局に着いた。

「邪魔をする」

「お出でをお待ちしておりました」

上の間の下座で竹姫が深く頭をさげた。

「変わりなさそうじゃの」

上座に腰を下ろした吉宗が声をかけた。

「ご威光をもちまして」

竹姫が感謝の辞を述べた。

「鈴音《すずね》、茶をの」

竹姫が次の間に控えていた鈴音に命じた。

「ただいま」

一礼した鈴音が、部屋の隅で湯気を立てている釜からお湯をくみ出し、茶を点《た》てた。

「姫さま」

茶碗を竹姫の右に鈴音が置いた。

「うむ」

ほほえんで竹姫が、吉宗の前へと茶碗を運んだ。

「ちょうだいしよう」

受け取った吉宗が、作法通りに茶を喫《きっ》した。

「見事な点前《てまえ》である」

吉宗が褒めた。

「お粗末さまでございました」

うれしそうに竹姫がうなずいた。

あくまでも鈴音は代理であった。

鈴音は、天英院の実家近衛家と敵対している一条《いちじょう》家から竹姫付きとして送りこまれてきた中臈であった。中臈という地位からもわかるように、鈴音は、まだ月のものもなく、吉宗の男を受け止められない竹姫の代わりとして閨ごとを受け持つのが任であった。しかし、江戸へ来てすぐに失策をおかし、竹姫に危難を呼んでしまった。幸い被害はほとんどなかったが、吉宗は鈴音を罰し、中臈からお次《つぎ》へと格下げを命じていた。

将軍の閨に侍《はべ》るには中臈でなければならない。いわば、鈴音は吉宗から女として不要と言われたも同然であった。

「鈴音であったな」

「はい」

両手をそろえて鈴音が、頭《こうべ》を垂れた。

「よく竹を補佐してやってくれるように」

「一命に代えまして」

鈴音が返答した。

わざわざ京から大奥へ出されたのは、吉宗の寵愛を受けるためだけではなかった。一条の一門である清閑寺《せいかんじ》家の出である竹姫を庇護《ひご》し、吉宗の正室に据えるのが本来の目的であった。五摂家のなかでありながら霊元《れいげん》天皇に嫌われ、勢力を落とし始めていた近衛が復権どころか随一の権を振るえるようになったのは、娘の嫁ぎ先であった家宣が将軍となったお陰である。もし、竹姫が吉宗の継室となれば、その縁に繋《つな》がる一条家も栄華《えいが》を謳歌《おうか》できる。近衛家の上に君臨することになる。鈴音は一条家から竹姫の身に万一が及ばぬよう、厳命されていた。

「先日も見事であった」

五菜の太郎の襲撃という策謀を防ぐのに、鈴音が一役買ったことを吉宗は知っていた。

「そなたを中臈に戻す」

「かたじけない仰せでございまする」

褒賞に鈴音が感謝した。

「ありがたいことではございますが、公方さま……それは鈴音をお召しになられるということでございましょうや」

竹姫が少し拗《す》ねた。

「おう」

吉宗が表情を緩めた。

「妬《や》くか」

「知りませぬ」

言われた竹姫が膨れた。

「安心せい。躬に女は要らぬ。すでに跡継ぎとなる男子《おのこ》はある。無理に子を産ませずともよい。もっとも、竹が産んでくれるならば欲しいがの」

吉宗が竹姫を宥めた。

「……まだ産めませぬが、いずれ」

竹姫が真っ赤になった。

「ぜ、膳を早《はよ》う」

赤くなったことをごまかそうとしたのか、竹姫が急かした。

「ただちに」

鹿野が応じた。

普段、食事はそれぞれの局で用意をする。そのために、大奥女中には煮炊き用の薪《まき》が支給されていた。だが、今宵は将軍の食事である。その用意は御広敷の仕事になる。

御広敷台所で作られた膳が三組、大奥お使番の手で竹姫の局へと運びこまれていた。

それを竹姫の局で温めなおしたものが、吉宗と竹姫に出された。

「ご相伴をいたしまする」

鹿野が少し離れた上の間の襖際で毒味をするとして箸を取った。

「せずともよいわ」

吉宗が遮った。

「今、大奥で躬に毒を飼える者などおらぬ。大奥を潰したいならば別だがの」

言いながら吉宗が、膳に箸を伸ばした。

「公方さま」

竹姫が尖《とが》った声を出した。

「ご油断なされまするな。公方さまのお身は天下唯一無二なのでございまする。厳重にも厳重に、念を押した上で慎重にいたさねばなりませぬ」

「……わかった」

他人のいうことをまず聞かない吉宗が箸を置いた。

「では……」

動かずに待っていた鹿野が、膳のものに箸を付けた。

「……大事ございませぬ」

おかずを口に入れて、よく嚙んだ鹿野が、まず箸へ目をやり、その後告げた。

毒味役の箸は銀と決められていた。毒に触れると黒変するという銀の性質を利用しているのである。もちろん、すべての毒が銀を黒く染めるわけではないので、それだけでは安心できないため、毒味がおこなわれる。

「いただこう」

「はい」

吉宗と竹姫が食事を始めた。


「さて、そろそろ暇《いとま》する」

「お引き留めはいたしませぬ」

夕餉を終えた吉宗が中奥へ帰ると宣し、竹姫が首肯した。

「またお出で下さいましょうか」

「来てもよいのだな」

「理由はどうあれ、わたくしは公方さまをお待ちしておりまする」

確認した吉宗に、竹姫が胸を張った。

「ほう……」

吉宗が感嘆した。

「お見送りはここまでで」

局の外までは供しないと竹姫が言った。

「ああ。ではの」

これ以上大奥を刺激したくないと言った竹姫を、吉宗は認めた。

「わたくしが」

鈴音が案内に立ち、袖が吉宗の後についた。

「ご苦労であった」

上の御錠口まで来たところで、吉宗が鈴音たちをねぎらった。

「上様、ご無礼をお許し下さいませ」

「申せ」

膝をついた鈴音に、吉宗が許した。

「この者が、このたびの功績者でございまする」

鈴音が、袖を紹介した。

「そなたが水城の手の者か」

「畏れ入りまする」

声をかけられた袖が平伏した。

「これからも、よく竹を頼むぞ」

「はっ」

袖が受けた。

「開けよ」

吉宗の命で、上の御錠口が開かれた。

「……これで種は蒔《ま》いた。あとは刈り取るだけよ」

中奥へ戻りながら、吉宗が小さく笑った。

第三章　家族の想い

一

水城家の屋敷は、本郷御弓町《ほんごうおゆみちょう》にある。千坪ほどの敷地に母屋《おもや》、離れ、そして家臣たちの長屋が設けられている。

「お戻り」

供をしていた入江無手斎《いりえむてさい》が大声を張りあげた。

「ええい」

門のなかから応答があり、大門が開かれた。

「お帰りなさい」

玄関で紅が出迎えた。

「遅かったのね」

「上様の御用でな」

いつもならば日が暮れる前に帰ってくる夫が、真っ暗になってから戻って来たことを紅が問い、聡四郎は簡潔に答えた。

「そう。御用ならばしかたないわ……」

納得しかけた紅が、入江無手斎に目をやった。

「お師さま、どうかなさいましたか。不機嫌そうなお顔でございますが」

紅が訊いた。

「こやつがな……」

「また、なにかやったの」

入江無手斎の苦い口調に、紅が反応した。

「やったわけではないぞ。やられただけだ。見ての通り、傷一つ負っておらぬ」

「……そうね」

紅が不思議そうな顔をした。

「お師さま、いつものことでは」

「こいつめ、大手前《おおてまえ》で待っていた儂《わし》を騙《だま》して、他の門から出てな……一人で出向きおったのだ」

「なんですって」

きっと紅が聡四郎を睨みつけた。

「いや、師を騙したわけではない。上様のご指示で御広敷伊賀者を供に付けていただいたのでな。御広敷門から近い平川《ひらかわ》門から出ただけだ」

聡四郎が事情を説明した。平川門は、大奥女中の出入りに使われる。

「言いわけになってない。わざわざ平川門から出ずとも、少しだけ回り道をすれば、お師さまのおられる大手門を使えたはず」

「うっ……」

聡四郎は詰まった。

「なぜなの」

美しい女ほど怒ると怖い顔になる。紅が柳眉《りゅうび》を逆立てた。

「上使としてであったゆえだ」

怒る妻の表情に、聡四郎は懐かしいものを覚えた。

「上使は、御上《おかみ》の代わりに出るもの。いかに吾が師とはいえ……」

「浪人を供させるわけにはいかぬか」

言いにくいと口ごもった聡四郎に代わって、入江無手斎が言った。

「はい」

師匠の気遣いに、聡四郎は黙礼した。

「だがの、聡四郎。儂を置いていったのは悪手だ。そなたの供ではなく、偶然同じ方向に進んでいるだけの浪人としてでも同行させねばならぬ。今回は相手にその気がなかったようゆえ、まだいいが、本気で殺しにかかってきたとき、一人多いだけで生き延びることができる」

入江無手斎が苦言を呈した。

「お言葉身に染みまする」

聡四郎は頭を垂れた。

「どうせ、上様の企《たくら》みでしょう」

紅はまだ怒っていた。

「…………」

さすがに旗本として、将軍の悪口を認めるわけにはいかない。かといって紅の発言はまちがっていないだけに、聡四郎は黙るしかなかった。

「試金石に使われたな」

入江無手斎が見抜いた。

「返答できませぬ」

将軍の冷徹さを肯定はできない。聡四郎は答えなかった。

「館林が本気かどうか、いや、館林公がかかわっているかどうかを確かめるために使われた……」

「…………」

聡四郎は沈黙した。

「どういうことでございますか」

紅が入江無手斎に問うた。

「竹姫の一件、後ろで糸を引いているのが藩主ならば、その失策を隠すのに家臣全部が動く。もし、それが家老あたりの独断ならば、腹心しか使えぬ。己の失敗を拡げるわけにはいくまい。藩主に知られれば、切腹ものだからな」

「上様は、追っ手の数で、それを推し量ろうと」

「おそらくの」

入江無手斎がうなずいた。

「……まったく、上様は」

紅が激高《げっこう》した。

「今からお目通りを」

「できるわけなかろう」

足袋裸足《たびはだし》で出ていこうとする紅を聡四郎は押さえた。

「養女とはいえ、娘なのよ。父親に会うのに許しなんか要らないでしょう」

紅が聡四郎の手を振り払おうとした。

「待て。上様は、吾ならば大事ないとご信頼下さったのだ」

「……信頼」

「そうだ。上様が吾を認めてくれたからこその上使であったのだ」

抵抗を弱めた紅に、聡四郎は続けた。

「それに付けられた御広敷伊賀者は、すさまじいまでの遣い手であった」

「でも、二人だけだと数で来られれば勝てないでしょう」

口入れ屋の娘として、人足たちを扱ってきた紅は、数の暴力というものをよく知っていた。

「おそらくだが、万一に備えて陰供が付いていていたはずだ」

聡四郎は述べた。

「陰供……」

「伊賀者か」

紅と入江無手斎が言った。

「その根拠はなんだ」

入江無手斎が問うた。

「供していた伊賀者が、飛び道具のことを口にしながら、一切警戒しておりませなんだ」

師の質問に聡四郎は告げた。

「飛び道具か。さすがに火縄銃を持ち出しては来まいが、弓くらいは遣うはずだ。必殺を狙うのならばな。とくに夕闇をこえてしまえば、矢は見分けにくくなる。弓矢で三方から狙われれば、儂でも防げるかどうか」

剣術遣いとして、入江無手斎が難しい顔をした。

「それを伊賀者が知らぬはずはございませぬ」

「なるほどな。上様も手は打っていると」

入江無手斎が納得した。

「あたしは我慢できない。上様にとって、聡四郎さんは手駒かも知れないけど、あたしにとってはたった一人の旦那なんだから」

旗本の妻となってから、聡四郎のことを旦那さまと言うようになった紅が、かつてのように名前で呼んだ。感情がたかぶっている証拠であった。

「紅」

旗本は将軍のためにある。聡四郎は、激している紅の肩を抱いて、落ち着かせた。

「……怒鳴り込むのはやめてあげるわ」

少しして紅が口を開いた。

「でも、このままですませはしないから」

「何をする気だ」

聡四郎が妻から不穏なものを嗅《か》ぎ取った。

「教えない。お師さま、遅くなりました。夕餉をご一緒に」

すっと聡四郎から離れた紅が、入江無手斎を誘った。

「遠慮なく馳走になろう。腹が空《す》いたわ」

入江無手斎も聡四郎を残して、奥へと消えていった。

「……なんだというのだ」

残された聡四郎が小さく首を振った。

「いたしかたございませぬ」

ずっと黙っていた家士《かし》の大宮玄馬《おおみやげんば》も冷たい目で聡四郎を見た。

「玄馬……」

かつては同じく入江無手斎の門下で共に修行し、今は家士として仕えてくれている大宮玄馬の態度に、聡四郎は驚いた。

「殿は、あまりに御身を軽く考えすぎでございまする」

「上様の御命だぞ」

聡四郎は咎めるように返した。

「御命といえども、お受けのしようはあるはずでございましょう」

大宮玄馬も怒っていた。

「殿の命がけの場におれなかったわたくしの無念、おわかりになりますまい」

「……つっ」

泣くような大宮玄馬の一言に、聡四郎は絶句した。

「遣われるだけではなく、遣われようも考えることだ」

いつのまにか、入江無手斎が戻ってきていた。

「今は戦国ではない。戦うことが武士の真意ではあるまい。泰平を守る。それこそ武士の願いであろう。そして幕府は戦《いくさ》を願ってはおらぬはずだ。するだけの金も、気概もないからの。上様も同じよ。戦をするおつもりならば、とうに館林を潰しておられるはずだ。今回のような迂遠《うえん》な手だてをせずにな」

「迂遠……」

聡四郎は首をかしげた。

「そうよ。藩主がかかわっているかどうかなど、潰してしまうつもりならば関係なかろう。それをわざわざそなたの身を使って確かめようとなされた。その裏を読め。いつまでも素直な筋で生きていけるほど、世のなかは甘くはないぞ」

言い残して入江無手斎がふたたび奥へと引っこんだ。

「裏を読め……」

「では、これにて。お休みなさいませ」

考えこんだ聡四郎を残して、大宮玄馬も下がっていった。

「上様の裏……竹姫さまの一件に対する復讐だけではないというのか」

聡四郎は玄関で悩んだ。

「竹姫さまを襲うようにし向けたのは天英院、そして男を差し出したのが館林。いや、あの山城とか名乗った家老……」

ことの流れをもう一度聡四郎は整理した。

「竹姫さまを御台所にお迎えになるにあたって、最大の問題はなんだ」

聡四郎は思案した。

「竹姫さまを御台所とする利点はなんだ」

物事には表裏がかならずついて回る。聡四郎は吉宗が竹姫を好いた女だから妻にすると、単純に考えたとは思えなかった。

「竹姫さまは、清閑寺の姫で五代将軍綱吉公の養女。その姫さまを娶《めと》られれば、朝廷での権威が変わる」

幕府を後ろ盾にした近衛家の隆盛が終わり、一条家が台頭してくる。

「それが上様の利になるのか……」

聡四郎にはわからなかった。

「直接お伺いするしかなさそうだ」

いつまでも当主が玄関で立ちすくんでいるわけにもいかない。聡四郎は屋敷へと入った。

近衛家と一条家の確執は、二代前の霊元天皇の御世まで遡《さかのぼ》る。

後水尾《ごみずのお》天皇の内親王を正室に迎えた近衛基凞《もとひろ》はその寵愛を受け、順調に出世を重ねてきた。十八歳で内大臣、二十四歳で右大臣、三十歳で左大臣となり、関白を目前にしたところまで来て、庇護者だった後水尾法皇が崩御《ほうぎょ》してしまった。

その跡を継いだ霊元天皇に近衛基凞は嫌われた。武家嫌いだった霊元天皇は、娘を甲府《こうふ》藩主だった徳川綱豊《とくがわつなとよ》に嫁がせたことで、近衛基凞を親幕と断じて遠ざけたのだ。

霊元天皇は、左大臣、あるいは太政《だじょう》大臣から関白を出すという慣例を破って、右大臣だった一条兼輝《かねてる》を引きあげた。

そう、近衛基凞は追い抜かれた。席を抜かれる。公家にとってこれほどの恥辱はない。しかし、霊元天皇から疎外された近衛基凞は、黙って耐えるしかなかった。

その霊元天皇が二十四年の在位で東山《ひがしやま》天皇に譲位、上皇となって仙洞《せんとう》御所へと移った。途端に近衛基凞は巻き返しに出た。

近衛基凞は一条兼輝の失策を突き、関白から引きずり下ろした。そのうえでまだ若かった東山天皇と権をまだ握ろうとする霊元上皇の仲にひびを入れ、東山天皇に取り入った。

父親からの干渉を嫌った青年天皇は、共に霊元上皇を疎ましく思っている近衛基淵を信頼し、ついに関白の地位に就《つ》けた。

「吾が世は来たり」

関白になった近衛基凞は、今までの復讐とばかりに、王政復古を願う霊元上皇の動きをことごとく潰した。

「あまりであろう」

露骨な霊元上皇への反抗が、朝廷でも問題になると、近衛基凞はあっさりと関白の座を鷹司兼凞《たかつかさかねひろ》に譲り、非難をかわした。

「近衛基凞は使える」

朝廷の力を取り戻そうとしている霊元上皇を苦々しく思っていた幕府が援護したこともあり、関白を下りてからも近衛基凞の力は衰えなかった。

その力は近衛基凞が関白を辞してからわずか四年で、鷹司兼凞からその座を取りあげ、息子の家凞《いえひろ》に与えたことからもわかる。だが、この結果、五摂家で唯一近衛に親しかった鷹司も敵に回した。

そこへ娘熙子《ひろこ》の夫綱豊が、六代将軍家宣になった。

将軍の岳父《がくふ》となった近衛基凞は一層の権力を握り、表だって逆らう者もいなくなった。

幕府と近くなった近衛基凞は、朝廷を思うがままにし、ついに豊臣秀吉《とよとみひでよし》以来空位にされてきた太政大臣に任官した。

太政大臣は所管する役目を持たない名誉職であるが、その権威は重い。内大臣、右大臣、左大臣の上にあり、朝廷の頂点に君臨する。天下の政を武家に奪われ、形ばかりの権威に縋って生きている公家にとって、最大の名誉である。ふさわしいだけの人物がいないときは、誰も任じられないとされた則闕《そっけつ》の地位に近衛基凞は就いた。

幕府と近く、朝廷最高の地位に就いた近衛基凞は、まさに吾が世の春を謳歌した。五摂家として初めての関東下向《げこう》も果たし、徳川家との距離を縮めた。

ますます近衛家の力が増すと思われたところで、基凞の後ろ盾となっていた東山天皇、譲位して上皇になっていた東山上皇が隠れた。

幕府の庇護は相変わらず近衛基凞にあったが、朝廷での立場が変わった。東山上皇の死を受けた霊元上皇が院政を再開しようとした。

それを抑えることはできなくなっていた。近衛以外の四摂家が手を組んで、反抗し始めたからである。

となれば、近衛の取り得る手段は、ただ一つ。幕府との蜜月を利用するしかない。

娘婿の家宣が将軍の間は、なんの問題もなかった。が、家宣は将軍就任三年少しで死んでしまった。幸い、その子息家継が跡を継いだとはいえ、血は重なっていない。貴人の子供はたとえ妾腹《しょうふく》でも正室の養子となる習慣がある。家継は天英院の養子となっていたとはいえ、近衛基凞は、将軍の岳父から義理の外祖父に落ちた。

「好機である」

近衛家の衰退を見た霊元上皇は、幕府嫌いを我慢して、娘を家継の正室として降《こう》嫁《か》させることにした。もっともこれは家継の早世《そうせい》で立ち消えになった。

霊元上皇、近衛基凞ともに、家継の死をもって幕府との繋がりを失ったのであった。

「このままでは、押し切られる」

「未だ娘を大奥に置いた近衛基凞は、幕府との縁を切らぬ」

近衛基凞、霊元上皇ともに、幕府との関係をなんとか作り出そうとしていた。

とはいえ、長い蜜月のお陰で、近衛基凞は幕府老中、京都所司代などと親しい。朝廷の金を握っている幕府の力は、まだ近衛にあった。

「独り身の吉宗の正室を我が一門から出せ」

冷遇され続けてきた反近衛派の公家たちが動き出そうとした矢先、吉宗が竹姫を気に入ったという報が届いたのだ。

「なんとしてでも、竹を吉宗の継室にせよ」

清閑寺の寄り親である一条兼香《かねよし》が色めき立った。

「竹を吉宗の相手にさせるな」

対して、近衛基凞は娘天英院にそう指示を出した。父の命、吉宗への反発、その両方から天英院は、竹姫を五菜に汚させるという挙に出て、失敗した。

二

「そうか。出てきたのは六人か」

翌朝、聡四郎の報告を受けた吉宗は淡々と言った。

「一人生かして捕らえておりますが」

「無駄飯を喰わすだけだ。さっさと片づけよ」

冷徹に吉宗が言った。

「嫌がらせにもならぬわ。そやつが、身分姓名を名乗ったところで、館林は認めまい。無理から認めさせるわけにはいかぬし、そやつを生き証人として館林に咎めを与えることはできぬ。大名どもの反発をまねく。藩が認めてもいないことで罪を与えられる。そのようなまねをする将軍を、誰が支えようとするものか。いつ、その矛先《ほこさき》が己に向けられるかもわからぬのだ」

吉宗が首を左右に振った。

「右近将監は、今回の一件にかかわっていなかったと考えてよいな。ふん、肚のない。思ったとおりだったな」

「ご予想なさっておられましたか」

加納近江守が口を開いた。

「大奥に手出ししたがるはずはない。その気があるならば、八代将軍選定のときに、天英院を使っただろう。天英院と月光院で割れていたとはいえ、大奥を味方にすることはできたはずだ」

吉宗が述べた。

「上様」

聡四郎が手をついた体勢で、顔を吉宗へ向けた。

「なぜわかっていながら、そなたを上使に出したか、知りたいのだな」

吉宗が聡四郎の要求を見抜いた。

「お教え願えましょうや」

「考えよと言いたいところだが、そなたの命に危難を呼んだのは確かだ。かといってまるのまま教えては、そなたが育たぬ」

あきれた顔で、吉宗が聡四郎を見た。

「刀だけ使えても意味がない。もちろん剣に意味がないとは言っておらぬぞ」

吉宗が続けた。

「そなたは最初、勘定吟味役であった」

「はい」

「もっともそれは躬の選択ではなかったがな。お陰でそなたは幕府の金の動きを知った」

「知ったと言えるほどではございませぬ」

聡四郎が謙遜《けんそん》した。

「わかっておるわ。数年しか役に居なかったそなたが勘定に通じているようでは、勘定方全部が役立たずと断じねばならぬ。勘定というのはそれほど甘いものではない」

謙遜を吉宗が一蹴《いっしゅう》した。

「まあいい。勘定を突き詰めるとなれば、一生かかる。そなたを算盤《そろばん》だけで使い潰す気はない」

吉宗が語った。

「その後、そなたを大奥を扱う御広敷用人に躬が据えた。これの意味はわかっておろう」

「女を知るためで」

「そうだ。女は面倒なものだ。政に直接かかわってくることはないが、かならず裏におる。なにせ、男を含め、すべての人は女から生まれる。母が子供に向ける想いは、決して男にわからぬ。命の危機に耐えて吾を産んでくれたのだ。男は女に勝てぬ。一応天下の政は、男が担っているが、そのじつは女が動かしている。そなたも紅を娶《めと》ってわかったであろう。女の恐ろしさを」

「はい」

聡四郎は同意した。

「吾が娘を恐ろしいと言うとは、いい度胸じゃ」

「あっ」

「冗談じゃ」

言われて顔色を変えた聡四郎に、吉宗が笑った。

「…………」

聡四郎は吉宗を睨むわけにもいかず、目をそらした。

「さて、金と女。天下の政に影響があるのはこの二つだけか」

吉宗が表情を引き締めた。

「他にでございますか……人心でしょうか」

少し考えて、聡四郎は答えた。

「人心か、まちがいではない。そなたも少しはものが見えるようになった」

吉宗が満足げな顔をした。

「まちがいではないと仰せとなれば、表現の違いでしょうや」

加納近江守も加わってきた。

「表現の違いではないぞ」

吉宗が加納近江守へ述べた。

「……表現の違いではない」

聡四郎は繰り返した。

「人心をまとめあげているものだ、正解は」

二人の寵臣の悩む姿を楽しむように、吉宗が頰を緩めた。

「人心をまとめあげているもの……」

「わかったようだな、近江は」

見上げた加納近江守に、吉宗がうなずいた。

「……」

聡四郎は真剣に考えていた。

「考えよ。この国の人をまとめているのは……いや、天下と言い換えてもよいのだぞ」

吉宗が付け加えた。

「天下……将軍家……ではないのでございますな……あっ」

将軍ならば、吉宗が質問にするはずはなかった。聡四郎は思いついた。

「わかったようだな。申してみよ」

「朝廷でございまするか」

聡四郎は口にした。

「そうだ。この国の大義名分は、すべて朝廷にある」

吉宗が言った。

「なにせ将軍といえども、朝廷の認証なしには、就任できぬ。もちろん、朝廷には有無を言わさぬようにはしてあるが、形は将軍は朝廷の配下でしかない」

表情を引き締めて、吉宗が語った。

「織田信長《おだのぶなが》公も豊臣秀吉公も神君家康公も、京を手にするために戦った。それは、天下が京にあるからだ。なんとか家康公が、禁裏《きんり》を抑えるようになさってくださったが、それでも人の心までは支配できぬ。京を敵に回すのは得策ではない。なにせ、朝廷には、必殺の技がある」

「必殺でございますか……」

聡四郎は首をかしげた。

「わからぬで当然だ。そなたはまだ政に触ってもおらぬ」

聡四郎の無知を認めた吉宗が、加納近江守へ顔を向けた。

「そなたはわかっているな」

「はい。朝敵でございましょう」

加納近江守が吉宗の問いに答えた。

「そうだ。朝敵は天下の大罪だ。いかに将軍といえども、朝敵の指摘を受ければ、それまでよ。不思議そうな顔をするな。朝敵が、将軍のままでおられるはずはなかろうが」

「あっ……」

聡四郎は驚きの声をあげた。

「征夷大将軍、右近衛大将《うこんえのだいしょう》の二つを引きはがされてみろ。躬に武家の統領たる資格はなくなる。どころか、誰か別の者が征夷大将軍に任じられたとなれば、躬はいきなり天下の討伐を受けることになる」

「そんな……」

吉宗の予想に、聡四郎は顔色を変えた。

「もちろん、そのようなことにならぬよう、いろいろと手だては講じてあるが、幕府の力は、朝議に及ばぬ。武家の官位は令外《りょうげ》だ。躬も内大臣を拝命しているが、朝議に参加はできぬ。まあ、そのたびに京へ呼びつけられても困るゆえ、かえってありがたいが、躬の代弁をする者のいないのは確かだ」

吉宗が嘆息した。

「これでわかったであろう。天英院を廃するには、あと一手要るということが」

「わかりましたが、朝廷にそれだけの度胸などございますまい」

聡四郎が反論した。

「ない」

はっきりと吉宗が断言した。

「朝廷といえども、一枚岩ではない。将軍の首をすげ替えるには、最低でも朝廷は一致しなければならぬ。五摂家が一つになっても、幕府には届かぬ。さいわい、今は近衛対残りの四摂家という構造になっている」

「ならば安心でございましょう」

聡四郎は吉宗の懸念を無用ではないかと言った。

「甘いな」

吉宗の声が冷たくなった。

「公家というものを理解しておらぬ。水城、そなたが思うよりも公家は質《たち》が悪い。そのことは、歴史が証明している」

「歴史が証す……」

「公家がなぜ生き残っている」

「天皇さまをもり立てるため」

「表向きの話ではないわ。まったく、おまえは育たぬ。ここには躬と近江しかおらぬ。体裁を取り繕うようなまねをするな」

吉宗が不機嫌になった。

「申しわけございませぬ」

主君を怒らせたのだ。聡四郎は頭を下げた。

「朝廷が生き残ってきたのは、天皇の正統という大義名分と、公家たちの血筋よ」

吉宗が語った。

「血筋……」

「そうよ。公家は、ときの天下人、いや、力のある者に血を分けることで生き残ってきた」

怪訝そうな顔をした聡四郎へ、吉宗が教えるように告げた。

「わからぬか。徳川でもそうだ。天下の名分は天皇にある。天下の政は、天皇家からの負託でなければならぬ。そのためには、朝廷とのつきあいが要ろう」

「それはわかりまする」

つきあいのある者とない者では、対応が変わるのは世の常である。

「金を出せばすむという輩もおるが、金のつきあいは、その切れ目が縁の終わりになる。いつまでも金があるとはかぎるまい」

「たしかに」

聡四郎も同意した。

「公家どももそうだ。かつての王朝のころならば、公家は全国に壮大な荘園を持ち、贅沢三昧できた。それが、武家の押領《おうりよう》でなくなった。それこそ明日喰うに困るようになったのだ。だからといって従何位だとかいう矜持がある。金を稼ぐというような下卑たまねはできぬ。となれば、金のある者に寄生するしかなかろう」

「寄生とは、いささか……」

加納近江守が諫《いさ》めた。

「言葉を飾ってもしかたあるまい。合力《ごうりき》という名前の無心をするのよ。あるいは売官じゃ。たとえ小さな村でも、上に立つにはなんらかの名分が要る。代々の領主であればいいが、力を持ち成り上がってきた者には、それがない。力しか持たぬ者は、新たな力に負ける。それを抑えるには、新たな力が芽吹いても、周りが同調せぬようにしむけねばならぬ。それが名分である」

気にせず、吉宗が続けた。

「その名分が朝廷よ。躬の征夷大将軍もそうだが、近江守などもそうだ。近江守は従五位とそれほど高いものではないが、公式の場では、無官の寄合旗本《よりあいはたもと》よりも上になる。これが権威というものである」

「権威でございますか」

「そうだ。話がずれた。いや、合っているか。その名分を武家は金で買う。金で買った権威だからこそ、次代へ引き継ぎたいと思う。そのためにはどうする」

「金を出し続けるしかございますまい」

聡四郎が答えた。

「出せなくなるかも知れぬであろう。十年先はわからぬからな。だから、その先を怖れなくてもすむように、そして、己も権威の方へ入ろうと思う」

「婚姻を」

「そうだ。公家から娘をもらい、その間にできた子に跡を継がせる。これで己の家に名門の血が入ったことになる。これは名分になる」

「血が名分になるなど」

聡四郎はあきれた。

「なにを申すか。そなたも身に染みているではないか。なんのために紅を躬の養女とした」

「……はい」

吉宗の言いぶんを聡四郎は認めざるを得なかった。

紅は口入れ屋の娘である。いかに江戸城出入りで苗字帯刀《みようじたいとう》を許されているとはいえ、御家人ならまだしも五百五十石のお歴々の妻になるのは難しい。こういうとき世間では、釣り合う家柄の養女にして嫁に迎える。だが、それを紅がよしとはしなかった。

「お武家と町人、なにが違うというのよ」

紅はこういう女であった。

「町屋の女など、水城家の嫁と認めぬ」

聡四郎の父功之進《こうのしん》は、そのままでの嫁入りを否定した。

「余が預かる」

それを吉宗が解決した。勘定吟味役という役方にいながら、剣術の名手である。使いようがあると考えた吉宗が、紅を養女に取った。さすがに御三家の当主の命ともなれば、いかにお侠《きやん》な紅といえども断れない。

こうして、紅は紀州家の姫として水城家へ降嫁という形で輿入れしてきた。

「紀州の殿さま相手じゃ、どうしようもないわ」

「義理とはいえ、御三家の姫となれば、きっと水城家の出世をもたらしてくれよう」

紅も功之進も納得した。

「それも名分じゃぞ」

「……………」

言われた聡四郎は黙った。

「そなたも感じたであろう。躬が将軍になるなり、そなたはふたたび無役から御広敷用人に取り立てられた。周囲はどうであった」

「上様のお身内というお陰だとか、養女とはいえ、上様の娘を娶ってよかったとか」

数々の陰口を聡四郎はたたかれていた。

「だが、聞こえよがしにいうていどで、それ以上のまねは誰もしてこなかっただろうが。これが形だけとはいえ、名分というものの力だ」

吉宗が一度話をきった。

「公家の血というだけで、名分は成りたつ。そう思ってよく見るがよい。将軍家はもとより、諸大名も公家との婚姻を重ねている。そして、武家がそうなのだ。公家なぞ、皆兄弟のようなものだ」

「兄弟でございますか」

唸りそうになるのを聡四郎は耐えた。

「兄弟のような血筋の近い者は、普段いがみ合っていても、共通する敵ができた途端、手を組むことが多い。戦国を紐解《ひもと》けばいくつでも実例はある」

「奥州でございますな」

加納近江守が言った。

奥州は戦国最後の最後までもめたところであった。それは血縁という紐が、各家をがんじがらめにしていたからであった。

片目の戦国武将として伊達《だて》家を奥州の雄とした政宗《まさむね》の曽祖父伊達稙宗《たねむね》が原因であった。

伊達稙宗は、息子、娘を諸大名の養子、正室として送りこむことで、奥州に大きく勢力を伸ばした。もっともこれは伊達稙宗が生きている間の話で、死ぬなり奥州は混乱に落ちた。

なまじ近い親族であったため、勝利したところで相手を断絶させられなかったことが、より混迷を長引かせた。

それが奥州の統一を遅らせた。なにせ、戦で勝って従えたところで殺せないのだ。当然、すぐに造反してくる。とくに伊達が力を持ち始めてからが酷《ひど》かった。領地争いで醜く争っていた親戚たちが、伊達に抵抗するために手を組んだ。一つ一つの力は小さくとも、手を結べば、馬鹿にできなくなる。伊達政宗は何度も無駄な戦をしなければならず、奥州統一をなせなかった。

お陰で奥州は、天下の流れに出遅れ、豊臣秀吉の蹂躙《じゅうりん》を受けるはめになった。

「公家も同じよ。今は天下人である躬に媚《こ》びを売っているが、もし、躬が朝廷を潰すと決めたならば、一斉に敵に回ろう。それこそ近衛を盟主としてな」

苦い顔で吉宗が言い終えた。

「わかったか」

「事情は理解いたしました。ですが、どのようになさいましょうや」

念を押された聡四郎が訊いた。

「近衛を潰すことはできぬ。さすがに五摂家をどうこうするだけの力を将軍といえどもたぬ」

吉宗が嘆息した。

「力を削ぐしかない。まあ、近衛の力は、すべて六代将軍家宣公が与えたものだ。それを躬は取りあげる」

「取りあげられるとは、どのように」

加納近江守が問うた。

「まず、江戸における近衛家の力を消すために、天英院を大奥から放り出す」

厳しい声で吉宗が宣言した。

「水城」

「はっ」

指示が出ると感じた聡四郎は、両手を畳につけた。

「時期を見て、天英院のもとへ使者として出向け」

「どのようなことを」

聡四郎は内容を尋ねた。

「大奥から出ていけと告げよ」

「それは……」

「ふん。言うことをきかぬと言いたいのだろう」

「怖れながら」

鼻先で笑った吉宗に、聡四郎が応じた。

「断られたならば、あっさり帰ってこい」

「えっ」

吉宗の返答に、聡四郎は唖然とした。

「一度目で言うことをきかれては困るのだ。それでは、なにも罰が与えられぬからな」

吉宗が口の端をゆがめた。

「こちらは穏便な結末を望んでいるという態度が要る」

「態度でございますか」

嫌な予感を聡四郎は感じた。

「世間体というやつよ。なにせ、天英院は、吾が義理の祖母だからの」

吉宗が躬という呼称を使うことさえ忘れるほど、興奮していた。

「義理の祖母をいきなり放り出すのは、徳のある天下人のすべきことではない。ただ、天下人の意思を拒否する、あるいは無視するのは、罪だ。こちらが折れているのに、相手が威気猛々《いきたけだけ》な対応であれば、いずれ周囲も見方を変える。あそこまで将軍が辞を低くしているのに、あの態度はなんだとな。世間を敵にしたとき、天英院になにをしても許される」

「そこまで……」

吉宗の用意周到さ、いや執念深さに聡四郎は息を呑んだ。

「わかったならば、今日は下がれ。竹のこと、しっかりと守れよ」

そう言って、吉宗が話を終わらせた。

三

紅は大宮玄馬を供にして、江戸城へ向かっていた。

「奥方さま、あまり出歩かれるのは、お控えいただきませぬと」

大宮玄馬が進言した。

「大丈夫よ。もう、つわりもほとんどないから」

「ですが、お身体に無理がかかっては」

否定する紅に、大宮玄馬が粘った。

「町屋じゃ、生まれる日まで働くのなんて当たり前なんだから。なにより、じっとしていては、身体が弱ってしまって、かえって難産になるのよ」

「はあ」

紅の説明に、大宮玄馬は口を噤んだ。

男に女の身体はわからない。決して子供を産むことはできないのだ。

「では、せめてもう少し足取りを落としてくださいますよう」

男勝りの紅は、歩くのも速い。さすがに裾を蹴飛ばすほどはしたないまねはしないが、それでも武家の妻とは思えない。

「殿の評判にもかかわりまするゆえ」

「……わかったわよ」

紅が歩みを遅くした。

「まったく武家って面倒。どうでもいいことをうじうじと、女の腐ったもののようなのが、まだましだわ」

出が町屋でありながら、吉宗の養女となった。これが紅への嫉妬になり、聡四郎への反発になっている。

「奥方さま」

大宮玄馬が口調を厳しくした。

「ごめん」

紅が詫びた。

家士とはいえ、大宮玄馬は聡四郎の相弟子である。また、紅が聡四郎と婚姻をなす前からの顔見知りでもあった。

あまり紅を叱らない聡四郎に対し、遠慮なく忠告できる唯一の人物であった。

「わたくしは、ここで」

とはいえ、大宮玄馬は水城家の家士、陪臣でしかない。平川門からなかへ、理由なく入るわけにはいかなかった。

「ちょっとかかるわよ。そうね二刻《ふたとき》（約四時間）後に迎えて」

紅が大宮玄馬にわずかな暇を出した。

「これは水城さま」

平川門を通り、御広敷門内七つ口に来た紅を、当番の御広敷番頭《ばんがしら》が敬意をもって迎えた。

「お玄関を開けさせまする」

吉宗の養女である紅は、将軍の姫との格式を与えられていた。その出入りに御広敷中央の大奥玄関を使うことができた。

「不意の来訪ゆえ、大げさにいたしたくございませぬ」

紀州家に預けられ、厳しい礼法の習得を課せられた紅である。きちっとした対応を取る気になればできた。

「竹姫さまでございましょうや」

「お願いいたしまする」

将軍家の姫ではなく、あくまでも御広敷用人の妻という格で紅が頼んだ。

「しばし、お待ちを」

御広敷番頭とはいえ、七つ口よりなかへ足を踏み入れることは許されていない。

「七つ口のお女中衆」

「いかに」

御広敷番頭の呼びかけに、七つ口に常駐しているお使番の大奥女中が応じた。

「竹姫さまのお局にお使いを願う。御広敷用人水城聡四郎が妻、紅どのがお目通りを望んでおりますると」

御広敷番頭は、紅を聡四郎の妻として扱った。吉宗の養女とすれば、玄関を開けなければならなくなるからであった。

「承知した」

お使番の女中がどこの局の出であろうとも、御広敷番頭の言葉には逆らえない。わざとゆっくり歩くなどの嫌がらせはできても、使いに行かないとか拒否するとかの選択肢はなかった。あとで、怠慢が露見すれば、まちがいなく咎められる。お使番という役目に傷を付けたことになるのだ。軽くて降格、下手すれば大奥からの追放もあり得た。

終生奉公たる大奥を追放されたとなれば、不名誉このうえない。実家へ帰ったところで、どこも奉公させてくれないし、まちがえてもそんな女を嫁に迎えてくれるところはない。見目麗《みめうるわ》しければ、裕福な商家や名のある寺院の住職の妾になれるかも知れないが、そのほとんどは実家で女中代わりにこき使われるはめになる。

「お許しになられるとのことでございまする」

思っていたよりも早く返答が届いた。

「へえ」

紅が小さく感心した。それだけ竹姫の権威があがっている証拠であった。

「お通りあられよ」

「ありがたく存じまする。畏れ入りまするが、番頭さまのお名前をお伺いいたしてもよろしゅうございましょうか」

一礼した紅が、御広敷番頭の名前を訊いた。

これも礼儀であった。紅の夫聡四郎は御広敷番頭の上役にあたる。御広敷番頭としてみれば、紅は機嫌を取らなければならない相手なのだ。

当然、気遣いを受けた形になる紅は、聡四郎の耳へ誰々に世話をかけたと一言言わなければならない。もちろん、気に入らなければ、逆に悪口を告げてもよいが、そうなれば妻の言うことを信じる夫との悪評が立ちかねない。

名前を訊く。これは、夫にあなたがよくしてくれたと伝えますという、一種の礼であった。

「橋場《はしば》源太郎《げんたろう》と申しまする」

うれしそうに御広敷番頭が名乗った。

「橋場さま、では、ごめんを」

覚えたという代わりに、名前を口にして、紅は七つ口を通り抜けた。

「ご案内つかまつりまする」

七つ口のなかで、取次役の大奥女中が待っていた。取次は、大奥への来客の案内、新規召し抱えの女中の世話などを任とし、お使番よりも身分は上になる。

「よしなに」

御広敷番頭に対するのとは違った固い態度で紅が応じた。

「…………」

居心地悪そうに取次役が、紅の前に立った。

「不意の来客と聞いたが……誰じゃ、そなたは」

七つ口を進んだ廊下の奥、お局に至る突きあたりで紅の前に立派な打ち掛けを身につけた女中が立ちふさがった。

「しっかりご注進していたってわけね」

紅が取次を睨んだ。

「………」

取次が目をそらした。

「ごたいそうな恰好《かっこう》しているわりに、わたしの顔を知らないわけ」

最初から紅は、けんか腰であった。

「なんじゃと」

嫌がらせをするつもりだったところへ、いきなり罵声《ばせい》を浴びせられた女中が驚いた。

「衣装だけは立派だけど、頭の中身はお寂しいかぎりのようね」

啞然とした女中に、紅が追撃をした。

「き、きさま、妾を誰だとわかっておるのだろうな」

「知らないわよ。名乗りもしない相手なんぞね。見ただけで知って欲しければ、首から名札でもかけておきなさい」

さらなる嘲弄を紅はおこなった。

「天英院さま付きの中臈蕨野《わらびの》であるぞ」

女中が怒りながら名乗った。

「で、何。わたしが誰かわかって止めているんでしょう。くだらない用だったら、義父上《ちちうえ》さまに告げ口するわ」

「うっ……」

吉宗の名前を出された蕨野が詰まった。

「いまさら、なんの用もないなんて言わないでしょうね」

紅の機嫌は悪い。いつまで経っても竹姫への嫌がらせを止めようとはしない天英院への不信は根深い。

「は、はしたないまねをなさいませぬようにとご忠告申しあげに参りました」

怒りで震えながらも蕨野はていねいな口調で言った。紅を吉宗の養女と認めた形になったのだ。中臈では上からものを言うわけにはいかなかった。

「大奥をご訪問なさるならば、前もって使者を寄こし、相手方との予定をすりあわせておくのが礼儀でございまする。このような不意の訪問は、竹姫さまの軽重《けいちょう》が問われまする」

「そう、次からはそうするわ」

「えっ……」

反論せず、忠告に従うと言った紅に、蕨野が呆然とした。

「ご指導ありがとう。さ、もう用はすんだわね。道を空けてくださる。それと、取次の女中、仕事をなさい。要らぬことばかりしているようだと、上様から放りだされるわよ。大奥はそうでなくとも金食い虫で、お気に召していないのだから」

蕨野にどけと告げた紅が、取次を脅した。

「名乗らなければ大丈夫だと思っているようなら、甘いわ。今日の当番は大奥を取り仕切る表使《おもてづかい》に届けられているはずよね。夫から問い合わせをかければ、あなたのことはすぐに知れる。たとえ表使が、同じ局の出でも、かばってはもらえないわよ。隠したり、偽りを告げたりしたら、今度は表使が罪になる。上様は、果断なお方。まだ、わかっていないようだけど」

冷たく紅が語った。

「は、はい」

怯《おび》えた取次が、あわてて歩み出した。

「あなたを寄こした人に言っておきなさい。上様を侮《あなど》るのはやめなさいと。さっさと詫びたほうが、被害は少なくてすむともね」

廊下の隅に身を寄せた蕨野に、そう残して紅も続いた。

「紅さま」

少し進んだところで、袖が手をついていた。

「袖さん。お迎えかしら」

「申しわけございませぬ」

嫌がらせに対応できなかったことを袖が詫びた。

「気にしないでいいわ。あなたはお末だもの。中﨟相手では分《ぶ》が悪いでしょう」

紅が手を振った。

「ありがとう存じまする。さあ、姫さまがお待ちでございまする」

袖が一礼した。屋敷にいたころの袖とは別人の様相であったが、表向きの格というものであった。

「そう。じゃ、あなたはもう要らないわ」

取次にさっさと帰れと紅が手を振った。

「それは……」

取次の役目は、紅を竹姫の局まで連れて行くことだ。途中で帰されては役目を果たしていないと取られかねなかった。

「お役目に差し支えると」

「さ、さようでございまする」

紅の確認に、取次が首肯した。

「案内したついでに、聞き耳を立てなきゃいけないからでございましょう」

袖が痛烈な皮肉を口にした。

「な、なにを。そなたお末の分際で、無礼であろう」

図星だったのか、取次が慌てた。

「そう、わたしが竹さまとなにを話すのか聞きたいのね。いいわ、同席させてあげる」

「げっ……」

「ほう」

取次が女の口から出てはいけないうめきを漏らし、袖が感嘆の声をあげた。

「隠すような話じゃないもの」

袖に告げた紅が、取次の右手を摑んだ。

「な、なにを」

「今さら、逃げ出させない」

「お、お離しを。いかに上様のご養女さまとはいえ、あまりでございましょう」

取次が嫌がった。

「手助けしてあげるのよ。文句言わないの。このまま戻れば、お方さまから役立たずの烙印《らくいん》を押されるだけでしょう」

「うっ」

紅に言われた取次が詰まり、反抗の力を抜いた。

「お着きでございまする」

先行した袖が、局の襖を開けた。

「お出でなさいませ。どうぞ、上の間へ」

鹿野が迎えに出てきた。

「お邪魔いたしまする」

「その者は……」

紅が連れている取次に、鹿野が驚いた。

「ちょっとしたお土産でございまする。竹姫さまへの」

「はあ」

ほがらかに言う紅に、鹿野がなんともいえない顔をした。

「よく来てくれた。お腹の子は大事ないか」

上の間で待っていた竹姫が、表情をほころばせた。

「お陰さまで。無事に大きくなっておりまする」

紅もほほえんだ。

「……なんじゃ。そやつは」

挨拶《あいさつ》を終えた竹姫が取次に目をやった。

「天英院さまの手下でございまする」

「ほう」

紅の答えに、竹姫が目を細めた。

「その辺に座っておれ」

すんなりと竹姫が取次の同席を認めた。

「よろしゅうございますので」

取次の正体を知った鹿野が、紅の説明に納得した竹姫の対応に目を剝いた。

「紅の姉さまがよいと言ったのだ。ならば、妾は気にせずともよい」

竹姫は淡々としていた。

「姫さまがおよろしいならば……」

鹿野が引いた。

「で、今日はどうした。ああ、もちろん、不意に来たことを咎めているわけではないぞ。紅の姉さまならば、毎日でも来て欲しいくらいじゃ」

言いわけをしながら、竹姫が尋ねた。

「まず、お話をする前に……袖さん」

上の間襖外に控えている袖に、紅が身体を向けた。

「なにか」

袖が問うた。

「竹姫さまを護《まも》ってくれてありがとう」

深く紅が頭を下げた。

「な、当然のことをしただけだ」

慌てた袖の口調が昔に戻った。

「それでも、あなたがいなければ、竹姫さまは無事ではすまなかった。身を汚されなくとも、上様のお側に近づくことはできなくされていた」

局に男が入ったというだけで、竹姫の純潔は疑われる。それを袖がうまく五菜を隠しおおせたお陰で防げた。

「もう一度言うわ。ありがとう」

紅は心底感謝していた。

「…………」

照れた袖が頬を染めて横を向いた。

「な、なんのこと」

一人取次が困惑していた。

「そなたていどの小者には報されておらぬだけじゃ」

氷のような声で鹿野が言った。

「くっ」

取次が唇を噛んだ。

「さて、竹姫さま。本日お邪魔いたしましたのは、どうやり返すかをご相談申しあげるためでございまする」

紅が竹姫へと姿勢を変えた。

「やり返す……天英院さまにか」

「もちろんでございまする」

確認した竹姫に、紅が首肯した。

「なにを言われる」

聞いた取次が絶句した。

「黙れ。口を開く許可は与えられておらぬ。二度と口がきけぬよう、へし折るぞ」

すっと取次の後ろに回った袖が、その首に手をかけた。

「ひっ……」

吹雪のような殺気を浴びせられた取次が、悲鳴をあげた。

「おもしろそうじゃの。どうするのだ」

脅える取次を無視した竹姫が興味を見せた。

「とはいえ、妾の代わりに公方さまがしてくださるであろう」

「上様がなさるのは公のもの。竹姫さまがなさるのは、私《わたくし》のもの」

「私のもの……」

「早く申せば、嫌がらせでございまする」

紅が笑った。

「嫌がらせか。ふむ」

竹姫も口の端を吊り上げた。

「しかし、どうするのだ」

「嫌がらせでございますから、相手を傷つけたりはいたしませぬ」

「当然じゃの。人を傷つけるようなものは、嫌がらせの域をこえておる」

竹姫がうなずいた。

「天英院さまのやったことは、嫌がらせをこえておりまする」

鹿野が激した。

「落ち着け、鹿野。なんの被害もなかったのだ。いわば、天英院さまは己で吹いた笛で、踊れなかったのよ。徒労をしただけでなく、大奥へ入れていた五菜という手の者を失った。そのうえ、公方さまのお怒りを買ったのだ。大失態じゃ。それを嫌がらせというのもかわいそうではないか」

取次の顔を見ながら、竹姫が嘲った。

「似たもの夫婦っていうけど、まだ婚約していないうちから、上様に似てこられて……」

思わず紅が呟いた。

「夫の好きな赤烏帽子《あかえぼし》というであろう」

しっかりと竹姫が聞いていた。

「失礼をいたしました」

紅が謝った。

「紅の姉さまも、同じではないか。水城同様、お人好しじゃ。わざわざ妾のために、怒りに来てくれるくらいにの」

竹姫がうれしそうな表情をした。

「………………」

言い返されて紅が黙った。

「さて、ではどのようにいたしましょう」

落ち着いた鹿野が口を挟んだ。

「それは……ああ、袖さん。もう要らないから、その女中を捨ててきてくださいな」

具体的な話に移る前に、紅が取次を退出させるようにと言った。

「わかった。立て」

「これでは、意味がないではないか」

取次が抗議した。

「黙れ。永遠に口のきけない状態にしてもよいのだぞ」

袖が感情のこもらない声で告げた。

「………」

命の危険を感じた取次が黙った。

「連れて出ていったか。で、紅の姉さまよ、なにをするのじゃ」

局の襖が閉じられるのを見た竹姫が問うた。

「なにもいたしませぬ」

「えっ」

「な、なにを」

飄々《ひょうひょう》とした紅の答えに、竹姫と鹿野が顔を見合わせた。

「上様のご正室さまになられる竹姫さまに、嫌がらせなどふさわしくございませぬ」

紅が笑いをこらえるように手で口を隠しながら言った。

「しかし、さきほどは……」

鹿野が唖然とした顔で問うた。

「あれが嫌がらせ。あのように聞かせておけば、天英院さまはなにがあるかと緊張し続けるでしょう。己のやったことがやったことだけに、命の危険もありえると脅えましょう。なにせ、袖さんという戦力があることも教えてあげたから」

隠すのをやめて紅が歯を見せて笑った。

「それで、わざと最初にわたしへ」

戻ってきた袖も驚いていた。

「感謝しているのは確かよ。お礼は言いたかった。わたしにとって竹姫さまは、失礼ながら妹のように大切なお方。その御身を守ってくれたあなたには心からお礼を言いたい。そう思っていたの。ただ、別の意味も持たせただけ」

「わたしを隠し札にする気がなくなったと」

「別式女さえ配されていない小さな局が、男である五菜を止めたのよ。それなりに遣える者が女中のなかにいると知られたはず。だったら、それも利用しないと」

不満そうな袖に、紅が答えた。

「怒るな、袖」

竹姫が仲裁に入った。

「はい」

しぶしぶといった感じで袖が折れた。

「本当になにもせずともよいのか。なにか一度くらい見せつけておいた方が、天英院さまにはこたえようぞ」

竹姫が確認した。

「いつ来るかわからないほうが、恐ろしゅうございましょう。一度でもしてしまえば、それを基準に予測できますする。なにより……」

そこで紅が一度言葉を切った。

「なにより、なにかの」

竹姫が首をかしげた。

「御台所さまになられるお方に、悪評がついてまわっては困りましょう」

紅がしれっと口にした。

「たしかにの。御台所は公明正大でなければならぬな。しかし、するとなにか。天英院は、なにもせぬ妾の影に脅える毎日を過ごすことになるというわけか」

竹姫が敬称を取った。

「さようでございまする」

強く紅が首肯した。

「それはおもしろいの。天英院め、どのような面で妾と顔を合わせるか」

竹姫もほほえんだ。

「お方さま、お茶の用意をいたしても」

鈴音が一段落ついたと見て、声をかけた。

「うむ。用意いたせ。菓子はなにかあったかの」

茶には菓子がつきものである。とはいえ、天英院や月光院のように多くの部屋子女中を抱えているか、出入りの商人を持ってでもいなければ、そうそう手に入るものではなかった。

「紅さまがお持ちくださいましてございまする」

竹姫の局を手ぶらで訪ねるわけにはいかない。紅は屋敷にあった氷砂糖を持参し、局にはいるとき、鈴音へと渡していた。

「氷砂糖か。好物じゃ」

小指の爪ほどの大きさで、ギヤマンのように輝く氷砂糖を竹姫がつまんだ。

「甘いの」

「また、今度お持ちしましょう」

先ほどまでの女の顔から、子供に戻った竹姫に、紅が述べた。

竹姫の局を追い出された取次は、天英院の局へと走った。

「これっ。騒々しい」

大奥の廊下は走ることを禁じられている。通りかかった中臈が取次を叱りつけた。

「御免をくださいませ。急ぎ、天英院さまにお報せせねばならぬことがございますゆえ」

取次が主の権威を口にして、通り過ぎようとした。

「待て。ほう。そなた天英院さまの手の者か。しかし、走らねばならぬほどの大事となれば、こちらも聞いておくべきではないか。なにがあった」

中臈が説明を求めた。

「あなたさまは……」

身分が上の中臈に言われては、足を止めないわけにはいかなかった。

「佐和山《さわやま》じゃ。月光院さまのお手伝いをいたしておる」

「月光院さまの……」

取次が顔色を変えた。

「天英院さまにお報せするほどのことなれば、月光院さまのお耳にいれなければならるまいが」

「いや、この話は、天英院さまだけにかかわることでございますゆえ」

「ほう。天英院さまだけ……」

「さ、さようにございまする」

取次が何度も首を上下に動かした。

「ということは、私《わたくし》の用であるな。ならば、廊下を走りたること、罪に問わねばならぬ。いかに天英院さまの女中衆とはいえ、大奥の法には従わねばならぬ。二代前とはいえ、御台所であられたお方の配下が、決まりを破っては示しがつくまい」

意地悪げに中臈が言った。

「それは……」

「なに、廊下を走ったていどならば、さほどの罪ではない。せいぜい禁足三日というところであろう」

「……それくらいならば」

禁足三日とは、己の局から三日出てはならないというもので、軽微な罪である。

取次がほっとした。

「ただし、配下から咎人《とがにん》を出したという不名誉は、天英院さまにつくことになるの。いろいろと難しい状況にある天英院さまの足を引っ張ることはまちがいない」

「うっ」

中臈の指摘に、取次が呻いた。

五菜が竹姫を襲い、撃退されたということは、秘されているため月光院たちには知られていない。だが、天英院がなにかしくじり、吉宗を怒らせたらしいという雰囲気は、大奥全部が感じていた。

「どうする。大奥全体の危機として、妾に話すか、捕まって天英院さまの顔に泥を塗るか」

中臈が決断を求めた。

「もちろん、捕まえる以上は、ここから表使部屋まで同行してもらう。となれば、天英院さまのもとに報告が届くのは遅くなるぞ。火急の用件なのであろう」

さらに中臈が脅した。

「……わかりましてございまする」

取次が肩を落とした。

「竹姫さまが……」

「ほう。竹姫さまが天英院さまに嫌がらせをなさると言われたか。それは、それは」

話を聞いた中臈がほくそ笑んだ。

「これでよろしゅうございましょう」

「結構じゃ、さっさと行きやれ」

許可を求めた取次を、中臈が放した。

「…………」

「急ぎ、月光院さまにお報せせねば」

走っていく取次の背中を見送った中臈が呟いた。

泣くような顔で駆けこんできた取次から、経緯を聞いた天英院は、苦い顔をした。

「竹が妾に嫌がらせをすると」

「はっ」

「その内容は」

「そこまでは聞かせていただけませなんだ」

「ええい、役に立たぬ。もうよい、下がれ」

取次を叱ったのは姉小路であった。

「姉小路」

天英院が不安そうな顔をした。

五摂家近衛の姫が、直接標的になることはなかった。攻めることはあっても攻められた経験がないのだ。天英院がなにをされるかと震えたのも無理はなかった。

「大事ございませぬ。きっとこの姉小路がお方さまをお守りいたしまする」

姉小路が励ました。

「そう言うてくれるかえ」

天英院が縋り付いた。

「はい。お方さまが怖れられることなどございませぬ。なにより、お方さまは五摂家筆頭近衛家の姫、たかが名家でしかない清閑寺の娘ごときに手出しはできませぬ」

「だの。そうだの」

姉小路の言葉に、天英院が少し元気になった。

「ご安心召されませ。誰ぞ、お方さまにお茶をお持ちせよ」

控えている女中に指示をした姉小路が、腰を上げた。

「どこへ参る」

ふたたび不安そうな表情を天英院が浮かべた。

「少し所用をすませて参りまする。すぐに戻りますゆえ」

姉小路が天英院を安心させるようほほえみを浮かべた。

「できるだけ早ういたせ」

「はい」

主君の求めにうなずいて、姉小路は局の上の間を出た。

「ふうう」

主の姿が見えなくなったところで姉小路が大きく息を吐いた。

「お方さまにはああ申し上げたが、京と江戸は遠すぎて、急には間に合わぬ。妾一人でどこまでできるか」

姉小路が小さく首を左右に振った。

「火《ひ》の番《ばん》ども」

「これに」

姉小路の声に、四人の別式女が応じた。

「これより、日夜を問わず、警戒いたせ」

「日夜を問わずでございまするか」

火の番の頭が少しだけ頬をゆがめた。

「なんじゃ」

姉小路が目をきつくした。

「四人で日夜は厳しゅうございまする」

火の番の頭が応えた。

「手が足りぬと申すか」

「足りませぬ」

機嫌の悪くなった姉小路に、火の番の頭が告げた。

「一人では対応に穴が開きまする。局の外の廊下だけを見張ればよいのならば、まだどうにかできましょうが、天井裏、床下共にとなりますれば、少なくとも三人は要りまする」

「四人おるのだ。一人余るではないか。足りぬはずないであろう」

姉小路が不機嫌な顔をした。

「休みなしに一日中の緊張など続きませぬ。我らは人形ではございませぬ。飯も喰えば、厠《かわや》にも行き、夜になったら眠くなる人でございまする」

火の番の頭が言い返した。

「何人欲しい」

機嫌悪いままで、姉小路が問うた。

「……少なくとも倍の八人」

「無茶を言うな。別式女をあと四人も探せるか」

姉小路が怒鳴った。

別式女とは、武芸ができなければならなかった。剣術の免許とはいわないが、少なくとも折り紙はもらえるくらいの腕が要った。

「二人だ。二人なんとかしてやる。それでどうにかいたせ」

「敵は誰でございましょう」

火の番の頭が訊いた。

「竹姫が局の別式女」

「……竹姫さまのところに別式女などおりましたか」

言われた火の番の頭が首をかしげた。

「入ったのだ。二人はおると思え」

「二人でございますか。ならば、六人おれば問題ございませぬ」

火の番の頭が胸を張った。

「……あと」

少し間を空けて、姉小路が口を開いた。

「あと……なんでございましょう」

「御広敷伊賀者じゃ」

先を促した火の番の頭に、姉小路が告げた。

竹姫を襲い、吉宗を怒らせた。当然、吉宗に膝を屈した御広敷伊賀者は敵になった。

「……ひっ」

火の番の頭が顔色をなくした。

「わかったの」

返答を待たず、姉小路は踵を返した。

「藤川め、我らの味方をするというゆえ、百両くれてやったというに……用人ごときに負けて逃げ出すとは……なさけない」

姉小路が口のなかで吐き捨てた。

「御広敷伊賀者が敵……お方さまにはお話しできぬ。とはいえ……」

あらためてその恐ろしさが姉小路を包んだ。

「なんとしても京で勝たねば、我らの未来はない」

姉小路が身震いをした。

第四章　女の報復

一

大奥天英院から預けられた近衛基凞への書状を山城帯刀は、藩士四人に警固させて京へ出していた。

「金に糸目は付けぬ。馬でも駕籠《かご》でも思うがままにせよ」

山城帯刀が急げと四人を急かした。

「なんとしてでも書状は守れ。かなわぬときは破棄してから、死ね」

さらに山城帯刀が付け加えた。

天英院の書状には、吉宗を罷免《ひめん》し、新しく将軍を選んでくれるように記されている。謀反の推進である。これが幕府の手に落ちれば、書状を運んだ館林松平家も潰される。

「承知いたしましてござる」

旗本への復帰を狙う山城帯刀と同心《どうしん》の藩士四人が、強くうなずいた。

通常、日本橋《にほんばし》から三条《さんじょう》大橋まで、十日かかるところを四人は、馬を問屋場《といやば》で乗り換え続けるという贅沢を続け、わずか五日で走破した。

「近衛さまのお屋敷は、御所の北、今出川《いまでがわ》御門の内にある」

四人の頭役が、三条大橋で馬を下りながら告げた。

「馬を下りずともよかろう」

配下が首をかしげた。

「洛中《らくちゆう》乗りうちは目立つ。近衛さまのお屋敷の少し向こうには禁裏付きの屋敷もある。武家が近衛さまのもとを訪れたと見られるのはよくない」

頭役が首を左右に振った。

禁裏付きは定員二名、千石高で諸大夫《しよだいぶ》に任官し、江戸城中では芙蓉《ふよう》の間に詰める。役料として千五百俵を給され、毎日御所に参内《さんだい》した。

その職務は、禁裏の勘定奉行のようなもので、禁裏の生活、女中たちの監督に大きな力を持っていた。他にも武家伝奏《てんそう》と所司代の仲介、禁裏の警衛、朝廷内で起こった事件の探索、御所や離宮の修繕奉行も兼ねた。

与力《よりき》十騎、同心四十人と、その武力は京都所司代に及ばぬものの、禁裏の番人といえるのが、禁裏付きであった。

「承知した」

残り三人が従った。

「馬はどうする」

大津《おおつ》の問屋場から借りた馬は、四条《しじょう》にある旅籠《はたご》に預ける約束であった。

「北島《きたじま》、おぬし一人で運んでくれ」

頭が命じた。

「それはよいが、拙者はその後どうすればよいのだ。近衛さまのお屋敷まで参るのか」

「いや、遅れての合流は、無礼になる。そのまま宿で待っていてくれ。書状をお届けしたあとで、こちらから合流する」

問うた北島に、頭が言った。

「わかった」

納得した北島が、全員の手綱《たづな》を預かった。

「頼んだ。おい、参るぞ」

頭が手を振って、残り二人を促した。

御所の周りには、五摂家を始め、宮家、名門公家の屋敷が並んでいる。当然のことながら、家格が高くなるほど御所に近く、屋敷も広壮になった。

「今出川御門を入った……ここだ」

頭が足を止めた。

江戸の武家屋敷同様、京の公家屋敷も表札をあげていない。

「本当にここか。関白さまを輩出される名門のお屋敷とは思えぬぞ。失礼ながら、我らの屋敷とさほど変わらぬ」

配下の一人が疑念を口にした。

「周りを見ろ、これほどのお屋敷は他にあるまいが。身分高い代わりにお公家さまの家禄は低い。近衛さまでも二千八百六十石ほどしかないはずだ」

「二千八百六十石……ご家老さまよりも少ない……」

言われた配下が驚いた。

「お公家さまはそういうものだ。位は高いが、金はない」

「だからか。儂が五百金を預かってきたのは」

頭の言葉に、壮年の配下が懐を押さえた。

「言うな。誰が聞いているかわからぬであろうが」

うかつな配下を頭が叱った。

「すまぬ」

壮年の配下が詫びた。

「さあ、行くぞ。近衛さまにお目通りを願う」

頭が一度、気合いを入れ直した。

「その方らが、熙子の使いか」

門番に話を通じてもらった一行は、近衛基凞の前にいた。といっても、無官でしかない館林藩士たちは、書院の庭に膝をつき、近衛基凞は縁側に立ったままという形であった。

「これをお側のお方に」

頭が懐から油紙に包まれた書状を平伏したまま、上にあげた。

「紀伊介《きいのすけ》」

近衛基凞が扇子で沓脱《くつぬぎ》石の隣で控えている雑掌《ざつしよう》に指示をした。さすがに五摂家筆頭の近衛家である。小者でさえ従七位の格を持っていた。

「はっ」

近衛家の雑掌が、頭の手から書状を取りあげ、恭《うやうや》しく近衛基凞へ捧《ささ》げた。

「……たしかに熙子の手跡《しゆせき》じゃ」

宛名を見た近衛基凞が、なかへ目を落とした。

「……ふむ」

読み終えた近衛基凞が、書状を縁側に放り出した。

「熙子の策が、館林の家臣のせいで失敗したとあるが、どうじゃ」

近衛基凞が、平伏している館林藩士たちを見た。

「お側の方まで申しあげまする」

頭が額を庭にこすりつけながら声を出した。

「適当に言え。一々、前置きをつけずともよい」

形式を近衛基凞が不要と言った。

「わたくしどもが至らなかったのはたしかでございまする。ではございますが、そのじつは、大奥を警衛している伊賀者に邪魔されましたゆえで」

「伊賀者……みょうじゃの。伊賀者は、麿《まろ》の下に付いたはずじゃぞ」

近衛基凞が、首をかしげた。聡四郎に遣い手を倒された郷忍《さとしのび》は、生きていくための庇護を近衛基凞を通じて御所に求めていた。

「大奥には御広敷伊賀者と申す者が詰めておりまする」

「伊賀の国の忍ではなく、江戸の伊賀者というわけじゃな」

「ご賢察でございまする。その伊賀者は、将軍の手の者でございまして」

「ほう。伊賀の郷忍はなにもしなかったのか。江戸に行っておるはずだ」

「……それは」

頭が口ごもった。伊賀の郷忍が野尻力太郎の家族を始末するために、江戸を離れていたとは言えなかった。

「おい、狗《いぬ》」

近衛基凞が手を叩いた。

「お呼びで」

「わっ」

前触れもなくわき出た影に、紀伊介と呼ばれた雑掌が腰を抜かした。

「聞いていたであろう」

冷たく近衛基凞が言った。

「伊賀の郷忍に仕事を依頼されたか」

忍が、館林藩士へ問うた。

「存ぜぬ。忍との遣り取りは御家老さまがなさっておられるゆえ」

頭が忍への返答をごまかした。

「卿《きょう》、しばしときをいただきたく。調べますゆえ」

「不要じゃ、無駄よ。すんだことは還《かえ》らぬ。それよりも先のことを考えるべきだ」

ちらと館林藩士の頭を見た近衛基凞が、郷忍の求めを一蹴した。

「もうよい。下がれ」

近衛基凞が手を振った。

「…………」

無言で郷忍が消えた。

「そなたたちも、もう、去《い》ね」

書状を手に、近衛基凞が書院へと入った。

「前《さき》の太政大臣さま」

貴人の名前を格下が口にするのは無礼になる。頭が、官名で近衛基凞に呼びかけた。

「まだ、なにかあるのか」

「おい」

頭が壮年の藩士から金を受け取った。

「これを松平右近将監より、前の太政大臣さまへ」

「紀伊介」

頭が捧げ持った金に目をやった近衛基凞が、雑掌に合図した。

「へい」

紀伊介が金を取り、近衛基凞へ差し出した。

「うむ」

金の嵩を量った近衛基凞が小さくうなずき、そのまま踵を返した。

「お、お待ちを。天英院さまへのご返事は」

このままでは子供の使いになる。頭が必死に縋った。

「……そうよな」

声だけが返ってきた。

「そなたたち、このまま京へ残れ。居場所は紀伊介に申しておけ。熙子への返答は、こちらからしておく」

近衛基凞が述べた。

「…………」

それ以上縋るわけにはいかなかった。頭以下は、平伏して退出するしかなかった。

「たった五百金で、将軍の首をすげ替えよなど……これだから坂東《ばんどう》の田舎者は困る。五摂家だけで朝議は動かぬ。百をこえる公家をこちらにつけねばならぬのだぞ。一人に百両撒《ま》いたとして一万両。朝議で数の優位に立ってからでなければ、五摂家と武家伝奏を抑えることはできぬ。禁裏付きにも鼻薬《はなぐすり》を嗅がさねばならぬ。磨の取り分もある。少なくともこの百倍は要る。将軍の地位、いや、天下の主となるつもりならば、それくらいは用意してこい。家宣もけちくさかったが、弟は輪を掛けて吝《しわ》い」

五百両の金に触れながら、近衛基凞が首を左右に振った。

「娘へ無心するかの。金がなくば、磨とて戦えぬわ。親だからと甘えられても、無理は無理。大奥で覇《は》を張るあやつのほうが、金はあろう」

近衛基凞が独りごちた。

「あやつも己の首がかかっておるならば、なんとかするであろう。とりあえず、手付けとして五千両ほど送れと報せるか」

近衛基凞が、筆を手にした。

二

御庭之者の配下として編成しなおされた伊賀組は、吉宗の指示を受けて館林松平家を見張っていた。

「館林より、四騎、東海道《とうかいどう》を馬で上る」

すぐに報せが御庭之者村垣源左衛門《むらがきげんざえもん》のもとへと届けられた。

「どこへ行くか、つけよ」

ただちに村垣源左衛門が、追跡を指示した。

「承知。二人出しまする」

御広敷伊賀者二人が、追った。

一日や二日遅れたところで、どこへ向かったかは知れた。これは、東海道を馬で駆け上る者が珍しいためであった。

街道筋の茶店や、宿場の問屋場で訊けば、あっというまに消息はわかる。

御広敷伊賀者は、桑名《くわな》で館林藩士に追いついた。

「近衛家に入ったか。吾は報告に戻る。そなたは、あやつらから目を離すな」

「わかった」

二人一組で動く理由がここにあった。一人が報告するために、その場を離れても、残りが見張りを続けられた。

忍の足は常人とはかけ離れている。京を後にした御広敷伊賀者は、わずか四日で江戸へ帰還した。

「なんだと」

村垣源左衛門を通じて、その報告を聞いた吉宗が息を呑んだ。

「館林から近衛へ使者が出たか。不思議ではないが……」

館林松平家当主右近将監清武の兄嫁が天英院なのだ。広義でいけば、館林と近衛は親戚であった。

「四人も出すのはおかしい。正式な使者ならば、土産も持たねばならぬ。土産を傷つけてはならぬとなれば、馬で駆けるはずもなし」

しっかりと吉宗は違和を感じていた。

「禁裏付きに指示を出しましょうや」

加納近江守が訊いた。

「いや、禁裏付きは飼われておるやもしれぬ」

京に在し、公家と交際することが仕事である禁裏付きのなかには、朝廷に官位や名誉などを与えてもらう代わりに、幕府の内情を漏らす者もいた。

「では、いかがいたしましょう」

「……水城を使う」

指示を求めた加納近江守に、少し考えた吉宗が命じた。

「水城を……」

驚いた加納近江守だったが、一度決めたことを吉宗は変えないと知っている。素直に、加納近江守が、聡四郎を呼び出した。

「なにか御用でございましょうや」

聡四郎が御休息の間で膝をついた。

「京へ行け」

「……京へでございまするか」

不意のことに聡四郎は驚いた。

京にはかつて一度、竹姫の大奥入り、その裏を調べるために行っていた。そこで藤川義右衛門に雇われた伊賀の郷忍の襲撃を受けた。そのときに討ち果たした郷忍が、紬の兄であった。

「そうじゃ。躬の内意を、朝廷に届けてこい」

「ご内意を京に……では」

吉宗の言葉の意味に、聡四郎は気づいた。

「そうじゃ。竹姫を御台所に迎えたいと清閑寺と武家伝奏に伝えてこい」

うなずいた吉宗が述べた。

「そういった用件でございますれば、京都所司代を通じておこなうべきでございまする」

側で聞いていた加納近江守が口を挟んだ。

「いずれ、京都所司代に話をさせる。今回、水城を行かせるのは、躬の内意伝達を装ったもの。いわば、便宜上である」

「便宜上……なにか京でございましたか」

聡四郎が吉宗を見上げた。

「天英院がの、またぞろ動いたわ。近衛と連絡を取った。おそらく、京でなにか手出しをしようとしておる」

苦い顔で吉宗が言った。

「京で……まさか。上様から将軍位を」

先日話をしたばかりである。聡四郎は顔色を変えた。

「そこまで京は馬鹿だとは思わぬがの。なにがあるかわからぬのが、政じゃ。そして、昨日まで手を繋いでいた相手を背中から刺すのが、政でもある」

「…………」

聡四郎は黙った。

「……いくらなんでも、上様を敵に回すはずはございますまい」

「朝廷を、いや、公家を信じるな」

ようやく声を出した聡四郎に、吉宗が返した。

「鎌倉のころ、公家は虐《しいた》げる側から、虐げられる側になった、武家の手によってな。言い方を変えようか。敬われる立場から、押さえつけられる立場に落とされた。武家の力で」

わざわざ吉宗が表現を変えた。

「人は過去の栄光を忘れられぬものだ。公家が武家を排し、復権したいと切望していることはまちがいない。ただ、幕府に抗《あらが》うだけの力がないゆえ、おとなしくしているだけ。力なき想いは、空虚でしかないからな」

「力なき想いは空虚……」

聡四郎はその言葉の重さに絶句した。

「見続ける限り夢は叶《かな》う。こう言う輩がおる。たしかに、真実ではある。見ない夢は実現しないからな。だが、同時に叶わぬから、夢なのだ。それが朝廷の夢、王政《おうせい》復古《ふっこ》である」

吉宗が語った。

「現実を見られないような奴が、代々を重ねてこられるはずもなし。公家のほとんどは夢をあきらめている。己の代で天下の権を徳川から取り返す、それができないとわかっている。だがの、それは夢をあきらめたということではない。夢を隠しているだけよ。もし、誰かが、その覆いをはぎ取れば……」

「公家の願いが表に出てくると」

加納近江守が問うように言った。

「うむ」

大きく吉宗がうなずいた。

「もっとも、その蓋は簡単に外れまい。誰かが意図せぬかぎり、公家たちの想いには蓋がされている。幕府という重い蓋が。しかし、その蓋を押さえている力が減り、内側から開けようとしたならば……」

吉宗が一度話をきった。

「蓋の重みを外そうとしているのが、天英院と館林松平家。そして内側から開けようとしているのが近衛卿だと」

「そうだ」

聡四郎の答えに吉宗が首肯した。

「幕府は無理をし続けてきた。一代の英傑徳川家康公のお名前で、いろいろなものを締め付けてきたが、そろそろ時代と合わなくなってきているものも多い。武家から金が消え、商人が台頭してきたのが、その一例じゃ。今、商人にそっぽを向かれてみよ、どれだけの大名が潰れるか」

吉宗が聡四郎と加納近江守を見た。

「もっとも、今、朝廷が夢の蓋を開けても、なにもおこるまい。今一度押さえこむくらいの力は幕府にまだある。ただ、一度、夢を確認させてしまうと人はそれを追う。五十年先、百年先が危ない」

「でございましょうや」

加納近江守が首をかしげた。

「わからぬか。公家のたがゆるんだ。つぎに外れるのはなんだ。朝廷を敵に回した幕府を見限るものといえば……」

「外様《とざま》大名……」

「そうだ」

加納近江守の答えを、吉宗が正解だとうなずいた。

「今回のことは蟻《あり》の一穴《いっけつ》になるとお考えで」

「うむ。まちがいなくの。まあ、躬一代、いや、孫の代くらいまでは影響は目に見えないだろうがの」

その先は保証できぬと、吉宗は暗に告げた。

「水城、そなたの仕事はわかっておるな」

「蓋を押さえるでよろしゅうございましょうや」

「違う。蓋は放っておいていい」

確認した聡四郎に、吉宗は首を左右に振った。

「えっ」

聡四郎は間抜けな顔をした。

「蓋を押さえようとすれば、一層反発を喰らう。蓋を押さえるのではない。蓋を開けようとする力を削げ」

吉宗が命じた。

「どうやってでございますか」

やり方を聡四郎は尋ねた。

「簡単だ、別の夢を見させてやればいい」

「あっ」

加納近江守が理解したとばかりに小声をあげた。

「この差だな」

吉宗が、まだ混乱している聡四郎に嘆息した。

「先日の話を思い出せ」

「……先日の。公家は血で生き残るでございましたか」

「そうよ。よいか、躬と竹が婚姻をなせば、その間に生まれた子はどうなる。そして、竹の実家は、藤原北家勧修寺流《ふじわらほっけかじゅうじりゅう》の一つ。突き詰めれば、天皇家に繋がる。つまり、子は朝廷と幕府の両方の血を引く」

「あっ」

やっと聡四郎は呑みこんだ。

「公武一体だ」

「ですが、そのお子さま……」

「わかっておる。水城、そなたは、この話をする公家に、こう申せ。将軍となる第一の条件は、正室の子であることだと躬が認識しているとな」

「そ、それは……」

吉宗の発言の重大さに、聡四郎は息を呑んだ。

「西の丸さまを廃されるなど……」

さすがの加納近江守も目を剝いていた。

「どこがいかぬ。正室の子供が跡を継ぐのは、世の決まりである。正室の子供が複数あるいは、おらぬときだけ長幼が優先される」

吉宗が淡々と述べた。

「上様、それはなりませぬぞ」

加納近江守があわてて反論した。

「長福丸《ちょうふくまる》さまには、すでに老中や若年寄を付けておりまする」

将軍家の世継ぎには、次代の政を担う準備として、西の丸老中、若年寄が付けられた。この老中や若年寄が、側近として長福丸を支え、次代の執政となる。もし、西の丸から長福丸が出されれば、この者たちも役目を解かれる。そう、約束されている栄達《えいたつ》を失うことになるのだ。その恨みは、長福丸を世継ぎの座から引きずり下ろした吉宗に向かう。

「若い女にうつつを抜かした」

吉宗の評判は地に落ちる。正室の子こそ、正統な跡継ぎであるにもかかわらず、長福丸を廃嫡させれば、非難される。それが世間であった。

なにより老中や若年寄に任じられる連中は、徳川でも格別の家柄ばかりである。縁戚も多く、要路とのつきあいも深い。

もとより分家から本家を継いだ吉宗への風当たりは強い。そこにこのようなまねをすれば、吉宗への反発は大きくなり、政にも影響が出かねなかった。

「ふん」

加納近江守の懸念を吉宗は鼻先で笑った。

「躬に逆らうような者は潰すだけよ」

「……上様」

口の端を吊り上げた吉宗に、加納近江守が絶句した。

「それくらいでなければ、天下人などやっておれぬわ」

「無茶を言われる」

加納近江守が肩を落とした。

「わかったであろうな、水城」

「……それをわたくしが」

聡四郎が任の重さに躊躇《ちゅうちょ》した。

「断るなよ。そなたなればこそ、真実味が出るのだ。躬の娘婿という看板がな」

「…………」

吉宗に逃がすつもりがないと聡四郎は悟った。

「急いで発て。従者も同道させよ。きっと館林が手出ししてこよう。山崎をつけてやる。うまく使え。行け」

吉宗が退出を促した。

三

「お願いをいたしまする」

聡四郎は入江無手斎に頭を下げた。

「安心せい。奥方にはいっさい手出しをさせぬわ」

入江無手斎が胸を叩いた。

「玄馬さん、馬鹿をさせないようにね」

紅が、大宮玄馬に頼んだ。

公務となれば、家士ではない入江無手斎に同行してもらうわけにはいかない。聡四郎は、入江無手斎に留守を任せ、大宮玄馬を供として連れていくことにした。

「義父上」

「ご安心を。お留守宅には万一も起こさせません」

見送りに来ていた紅の父、江戸一の口入れ屋相模屋伝兵衛が請け負った。聡四郎が留守の間、入江無手斎だけでなく、相模屋からも腕の立つ者が常駐することになっていた。

「ですが、よろしいので。伊之介《いのすけ》をお連れにならなくとも」

逆に、相模屋伝兵衛が心配した。

伊之介とは、もと相模屋の番頭で、独り立ちした後品川《しながわ》で茶店をやっている。旅慣れているということで、前回箱根《はこね》の山をこえるどころか江戸から出たことさえない聡四郎の供を務めてくれた。

「二度目ゆえ、大丈夫でございましょう。店を休んでもらうのも気兼ねでございますれば」

聡四郎は首を左右に振った。

「店なんぞ、どうにでもできましょうが……わかりましてございまする。では、お気をつけて」

これ以上は聡四郎のことを信用していないと取られ、無礼になる。相模屋伝兵衛が一礼して下がった。

「あなた」

最後に紅が近づいてきた。

「ごめんなさい。あたしが要らないことをしたから」

先日大奥で天英院を脅した結果が、聡四郎の京行きの原因になったのではないかと紅はしょげていた。

「いいや。すべては上様の手のひらだ」

聡四郎は慰めるというよりも、あきらめていた。

「あのお方は、すべてを利用される。使えるものはなんでも使う」

「…………」

それでも紅は泣きそうな顔をしていた。

「案ずるな。玄馬もいる。山崎もな。忍が端《はな》から味方にいるのだ。これほど心強いことはない」

聡四郎は山崎伊織へ目をやった。

「不意打ちは受けませぬ」

山崎伊織も力強く首肯した。

「なにより任だ。断れぬ。断れば、上様を敵にする。勝てぬぞ」

「…………」

それでも紅はうつむいていた。

「あのお方に目を付けられた。無役から将軍の腹心になる。幕臣誰もがあこがれる立場だ。今までの、上様以外の将軍家は寵愛だけで、家臣を出世させてこられた。さほどの苦労もなくな」

首を回して聡四郎は江戸城を見た。

「ただ上様は違われた。見合うだけの、それ以上の能力と努力を課せられる」

聡四郎は紅の肩に手を置いた。

「上様は、努力にふさわしいものをくださる」

「でも……その代わり、あなたは命をかけなければならないじゃないの」

夫に触れられて、紅が顔をあげた。

「のう、紅」

聡四郎が優しい声を出した。

「吾は父としての欲を持ってよいであろう」

「……欲」

怪訝そうな顔を紅がした。

「そうじゃ。父親として生まれてくる子のために、よき家を残してやりたい。そう思ってはいかぬか」

「……この子のため」

紅が、そっと帯の下に手をあてた。

「そなたと吾だけならば、どうしてでもやっていけよう。だがの、新しい命が増えるのだ。その子のために、よりよい未来を手に入れたいと思うのは、親として当然であろう。子孫に美田を残さずというおもむきもあろうが、吾はそれを否定したい。親は何のためにある。子のためであろう。我らの先祖もそう思い、戦場を駆けたはず。お陰で水城家は旗本として続き、吾もこの世に生を受けられた。なにより、そなたと知り合えたのも、先祖のお陰だ。もし、五百石に満たぬ小身《しょうしん》であったならば、勘定吟味役に抜擢《ばってき》されることもなかっただろう」

「馬鹿……」

会えたことに感謝していると言われた紅が照れた。

「先祖がなければ子孫はない。だが、子孫は先祖のためにあるのではない。子孫は、さらなる子孫のためにある」

そんな紅にほほえみかけながら、聡四郎が決意を口にした。

「いいわ。なら、笑って見送ってあげる」

紅が気を取り直した。

「でも、無事に帰ってこなかったら、承知しないからね。生まれた子供に、あたしが死ぬまで、あなたの悪口を聞かせ続けるから」

「……それは勘弁願いたいな」

いつもの調子に戻った紅に、聡四郎は苦笑した。顔を見ていない吾が子に、ずっと駄目な父親として記憶されるのはたまらない。

「ご安心を。わたくしが命に代えまして」

大宮玄馬が胸を叩いた。

「駄目。玄馬さんも生きて帰ってきなさい」

紅が強く命じた。

「一人でも欠けたら、あたしは毎日登城して、上様相手に泣きわめいてやるわ」

「おいっ。そんなまねをしてみろ、どのような叱責《しっせき》があるかわからぬぞ」

紅ならばやりかねない。聡四郎は紅に自重を求めた。

「なにもされないわ」

あっさりと紅が否定した。

「上様は、ご自身の失策を糊塗《こと》されるようなお方ではないわ。甘んじて叱責を受けられる。それだけの度量はお持ち」

紅は吉宗のことを買っていた。

「でもね、女の心がわからなすぎる。だから、そうするわ。でなければ、竹姫さまも不幸になる」

表情を紅が厳しいものに変えた。

「ご用人さま」

そろそろ刻限だと、山崎伊織が声を出した。

「うむ。では、参る。健勝《けんしょう》での」

らせることもできた。


「旦那さまも」

最後は旗本夫婦らしいやりとりで、聡四郎は屋敷を後にした。

御広敷用人は騎乗が許される。東海道を馬で進むことができ、問屋場に便宜を図らせることもできた。

「吾だけ馬に乗って意味があるか」

「ご身分が」

問うた聡四郎に、大宮玄馬が格式だと答えた。

「いい弓矢鉄炮の的でござる」

対して山崎伊織が駄目出しをした。

「むうう。なれども、御広敷御用人さまが、徒歩《かち》というのは外聞が悪うございましょう。どこから話が城中に聞こえぬとも限りませぬ」

大宮玄馬が食い下がった。

「そんなもの、気にもされまいよ。上様は鷹狩りでも馬に乗られるより、徒歩が多いと聞くぞ」

家康がよくしたとされる鷹狩りを、吉宗も好んだ。品川のはずれや、小梅《こうめ》村の少し北まで吉宗は、忙しい合間を縫って鷹狩りに出かけていた。

「はあ」

将軍を比較として出されれば、それ以上は言えなくなる。大宮玄馬が折れた。

「山崎、おぬしが先頭でよいな。玄馬は後を」

「承った」

「お任せを」

品川の宿を昼前に抜けて、三人は東海道を上った。


「なに、御広敷用人が品川を出ただと」

見張らせていた小者からの報告に、山城帯刀が顔色を変えた。

「わざとらしく襲ってやったのに。気にもせず江戸を離れるとは……近衛さまへの使いがよほど上様のお気に障《さわ》ったと見える。お方さまの命とはいえ、まずったか」

苦い顔で山城帯刀が呟いた。

「……今更後悔しても間に合わぬ。上様が将軍位を失うか、我らが首を失うか。いよいよ勝負となるな」

山城帯刀が肚をくくった。

「誰ぞ、藤川をこれへ」

手を叩いて山城帯刀が告げた。


「呼んだか」

もと御広敷伊賀者組頭、藤川義右衛門が半刻(約一時間)ほどしてから顔を出した。

「遅い」

「仕方あるまい。我らは藩士ではないのだ。下屋敷に間借りしているだけ。上屋敷からの呼び出しに即座に対応はできぬ」

「走ってこい。忍であろう。馬よりも速いと自慢していたはずだ」

「昼間からか。目立つぞ。まあ、そういうならば従おう」

聡四郎と敵対し、吉宗にまで逆らった藤川義右衛門は、御広敷を追われ、館林に金で飼われている。主従関係にはないが、雇い主には逆らえなかった。

「で、なんだ」

「御広敷用人が……」

「水城が江戸を出ただと」

話を聞いた藤川義右衛門の顔つきが変わった。

「目的地は……京なのだな」

「おそらく、いや、他に考えられまい」

山城帯刀が首肯した。

「わかった。旅費を寄こせ」

「物入りが激しすぎる。これだけでどうにかせい」

手を出した藤川義右衛門に、山城帯刀は五両渡した。

「少ないどころではないぞ」

藤川義右衛門が文句をつけた。

「ない袖は振れぬ。こちらもいろいろと要りようなのだ」

「近衛家への合力か」

「わかっているならば、辛抱せい。うまく、殿が将軍になられたときは、そなたを隠密頭《おんみつがしら》として、千石もらえるように手配する」

「やむをえぬ。空手形《からてがた》にせぬようにするには、己が動くしかないか」

藤川義右衛門があきらめた。

「郷忍どもを使うのか」

「使えるか。使うには金が要る。そのような余裕はない」

山城帯刀の質問に、藤川義右衛門が吐き捨てるように答えた。

「そなた一人で行くと」

「冗談ではない。一人で勝てるくらいならば、とっくに仕留めておる」

「では……」

「儂にも手兵《てへい》はある」

しつこく聞きたそうな山城帯刀を残して、藤川義右衛門が館林藩上屋敷を出た。


下屋敷の長屋へ戻った藤川義右衛門を配下が待っていた。御広敷伊賀を追われた藤川義右衛門たちは、抜け忍となってしまったため、うかつに出歩くことができなくなっていた。御広敷伊賀者に見つかれば、問答無用で戦いになる。これも伊賀の掟《おきて》であった。

「任でございましょうや」

「追え。ただし、決して手出しはするな。後をつけて、居場所だけ確認すればいい」

問われた藤川義右衛門は、一緒に御広敷伊賀者を追われた配下二人に先行を命じた。

「ああ。待て。ここが勝負どころだ。手が足りぬ、では話になるまい。組に残した者を後発させせるゆえ、足止めの手立てはいたせ」

準備にかかろうとした配下に、藤川義右衛門が追加した。

「おう」

配下の抜け忍がうなずいた。

「次は……」

己も旅支度をすませ、藤川義右衛門は長屋を出た。

「ここにいるはずだ」

下屋敷から小半刻（約三十分）ほど行った寺の山門を、藤川義右衛門が潜った。

「感心だな」

寺の裏庭に回った藤川義右衛門が、真剣で素振りをしている柳《やなぎ》左《さ》伝《でん》を見つけた。

「…………」

目をやることもなく、柳左伝は素振りを続けた。

「用人とその家人《けにん》が、江戸を離れたぞ」

「……なんだと」

柳左伝の切っ先が乱れた。

「好機であろう。京までにはいくつも難所がある。待ち伏せに適したところも多い」

「待ち伏せなど、卑怯者のやることだ」

誘うような藤川義右衛門に、柳左伝が言い返した。

「まだ甘いのう。ようは、勝てばいいのだ、戦いというのは。負けた者には、なにもいう権利はない。もっとも、真剣勝負で負ければ、口はきけぬがな」

藤川義右衛門が述べた。

「なにより、これは遊びではない。技の比べあいをする試合でもない。命を遣り取りする殺しあいだ。きれいごとを言おうとも生きている者が最強なのだ。宮本武蔵《みやもとむさし》を見ろ。今でこそ剣聖などと讃《たた》えられているが、奇襲で吉岡流《よしおかりゅう》の幼い当主を殺すなど、卑怯なことをいくつもやっている」

「…………」

議論で藤川義右衛門に勝てない柳左伝が黙った。

「負け続け、敗北の思いに埋もれて生涯を過ごすという……」

「わかった」

重ねて言おうとした藤川義右衛門を抑えるように、柳左伝が大きな声を出した。

「けっこうだ。ほれ。旅費だ。それで駿河《するが》まで行け」

藤川義右衛門が一両小判を投げた。

旅籠に泊まり、朝晩の食事を出してもらえば、二百文から三百文かかる。四千文から六千文ほどになる一両あれば、昼食代《ちゅうじき》、渡し船などの料金を入れても十日は余裕で旅できた。

「駿河のどこへ」

「この笠を覚えろ。ここに井桁《いげた》の印がある。これを街道から見える位置に出しておく。その宿で待ち合わせだ。こちらは吾を含めて三人先行している。わかっているだろうが、用人一行よりも遅くなるようなまねはするなよ。待ち伏せの罠《わな》を作ったら、獲物はその先に、でした、では困るでな」

「馬鹿にするな」

柳左伝が怒った。

「では、急げ」

そう指示して、藤川義右衛門が柳左伝を置いて去った。

「……一人で勝てるのか」

地に腰を下ろして、柳左伝が独りごちた。

柳左伝は、御広敷伊賀者の家に生まれた。それが不幸の始まりであった。忍は、狭い天井裏や床下を縦横無尽《じゆうおうむじん》に駆け回る。当然、小柄でなければならなかった。しかし、柳左伝は、大柄であった。

「忍に向かぬ」

子供ながら大人をこえる背丈となった柳左伝を藤川義右衛門が追放した。

「類《たぐい》まれなる素質だの」

その柳左伝を柳生新陰流《やぎゅうしんかげりゅう》道場の師範が拾った。

伊賀と柳生の郷は近い。その交流を柳左伝は知らなかった。柳左伝を拾った師範も、藤川義右衛門の手だった。

「組のために働け」

伊賀組と縁が切れたはずの柳左伝のもとに、藤川義右衛門が現れるまで、師範を実の父のように慕い、尊敬していた。

「そんな……」

そのすべてが虚像であったと知らされた柳左伝は、藤川義右衛門の手駒になるしかなかった。

「御広敷用人水城聡四郎とその従者大宮玄馬を討て」

藤川義右衛門の命と引き替えに、収入と住むところを要求した柳左伝は、二人を襲うが、見事に及ばなかった。

「……卑怯な手などすでに使っている」

先ほど待ち伏せは卑怯だなどと嘯《うそぶ》いたが、すでに柳左伝は、同じ道場でくすぶっていた同門の浪人たちをそそのかして、大宮玄馬を襲わせている。それで討てればよし、少なくとも傷くらい負うだろうから、弱ったところを仕留める。しかし、柳左伝の策は、あっさりと破られた。

「逃げたい」

柳左伝は、その襲撃を苦もなく排除して見せた大宮玄馬の剣を怖れていた。

「だが、それはかなわぬ」

伊賀者に生まれた柳左伝である。伊賀組がどれだけ酷薄なものか、よく知っている。江戸を売り、奥州の田舎にでも隠れ住むならば、生きていけるかも知れない。だが、二度と表には出られない。

「二十年の修行を捨てるなど……」

剣士の夢は、己の剣名を高くすることだ。名をあげ、大名に抱えられるか、あるいは多くの弟子を持つ道場主になるか。生きていく場から捨てられた柳左伝は、自らの手で糧《かて》を摑むことを夢見て、死ぬような苦行に耐えてきたのだ。

腹一杯喰えず、女を抱くこともなく、ただ冷たい木の床と親しんだ二十年近い修行、それを捨てて、山奥で猟師のまねごとをするか、百姓の手伝いで糊口《ここう》をしのぐかの日々になる。

「……できぬ」

剣を捨てることは、忍不適格の烙印《らくいん》を押され、捨てられた己を支えてきた努力を無にするも同じであった。

「死んだほうがましだな」

柳左伝が、顔をあげた。

「生きるか死ぬかの勝負……いや、戦いを仕掛けるのも悪くはないな」

ゆっくりと柳左伝が立ちあがった。

「やるべきは用人たち三人と藤川以下三人の忍、合わせて六人……ちと多いな」

手にしていた真剣を鞘《さや》に、柳左伝が納めた。

「用人と従者二人をやるときは、三人の助力がある。四対三、まずは負けまい。伊賀の忍は、まっとうな剣術の勝負でなければ無敵だ」

柳左伝が、汗にまみれた稽古着を脱ぎ捨てた。

「問題は、その後だな。忍三人を吾一人でやれるか……」

井戸水を頭から被りながら、柳左伝が呟いた。

「だが、伊賀のくびきから逃れるには、そうするしかない。藤川義右衛門さえ殺せば、もう吾にかかわってくる伊賀者はおるまい」

藤川義右衛門が、御広敷伊賀者を追放されたことを柳左伝は知っていた。

「どう立ち回るかだ」

柳左伝が手ぬぐいで濡れた顔を拭いた。

「用人一行と戦って、三人が無事ですむはずはない。一人、いや、二人は死ぬか、少なくとも軽くない傷を受けよう。となれば一対一。対面に持ち込めれば、伊賀者に負けはせぬ」

衣服を身につけながら、柳左伝が思案した。

「問題は、藤川だ。かならずや、あやつは吾を盾として、用人と戦わせようとするはずだ。それをどうかわすか……いや、それを利用するくらいでなければ」

柳左伝は、独りごちた。

「藤川の金主は、館林だ。そちらに身を移すか。もし、今回うまく用人たちを討てても、このままでは終生、藤川の手足だ。命をかける代金として、走狗《そうく》の生涯などはごめんだ」

着替え終わった柳左伝が、書状を一本認めた。

「小坊主どの。これを館林藩の上屋敷までお願いしたい」

柳左伝が小銭を駄賃として渡しながら、頼んだ。

「どなたさまに」

詳細を小坊主が訊いた。

「ご家老さまあてで頼む」

藤川義右衛門から、金主の話は聞かされていない。柳左伝はあいまいな答えを返すしかできなかった。

「お願いする」

「行って参りまする」

小坊主が駆けていった。

「これも賭《か》けだな。藤川に知れたら、無事ではすまぬ」

裏切りに近いのだ。書状のことを知った藤川が黙って見過ごすはずはなかった。

「どっちにせよ、命がけか」

苦笑を浮かべて、柳左伝が寺を出た。

四

聡四郎の出立《しゅったつ》を村垣源左衛門が報告した。

「行ったか」

吉宗がうなずいた。

「大儀であった」

「…………」

ねぎらわれた村垣源左衛門が、一礼して天井裏へと消えた。

「上様」

加納近江守が問いたげな顔をした。

「なにが言いたい」

吉宗が促した。

「なぜ、水城を使者になさいました。竹姫さまを御台所さまへという先触れならば、若年寄格が必須でございましょう」

聡四郎では軽すぎると加納近江守が懸念を表した。

「わからぬか、そなたも」

吉宗が難しい顔をした。

「躬と竹の婚姻は難事じゃ」

「なぜでございましょう。将軍家の御台所に、公家の姫君をお迎えするのは慣例でございまする」

加納近江守が首をかしげた。

初代家康、二代秀忠は、将軍になる前に正室を迎えていた。戦国である。和議や同盟の手段として妻を娶るのが当然の時代、名ばかりの公家から嫁を取る意味はなかった。

それが泰平になり、徳川が天下人となった。もう、天下に手を組まねばならぬ勢力はなくなった。将軍の妻は、力ではなく、名で求められるようになった。

事実三代将軍家光の正室は鷹司から、四代将軍家綱の妻は伏見宮から、五代将軍綱吉の御台所はまた鷹司より来ている。そして六代将軍家宣の正室天英院は、近衛家の出であった。

「それではないわ」

一層、吉宗の表情が苦くゆがんだ。

「他に……お歳でございましょうや。たしかに竹姫さまと上様の間には二十歳の……」

「そんなもの、障害にもならぬ」

言いかけた加納近江守を吉宗が封じた。

「……となりますと」

加納近江守が悩んだ。

「わからぬか。竹はなんだ」

吉宗が訊いた。

「竹姫さまは、清閑寺大納言《だいなごん》さまの姫で、五代将軍綱吉さまの……あっ」

そこまで口にして加納近江守が息を呑んだ。

「わかっただろう。竹姫は五代将軍綱吉さまの養女。つまり、躬の大叔母にあたる。その大叔母を娶るというのは、順序にもとることになる」

吉宗が苦り切った顔で告げた。

「ですが、義理では」

「義理が駄目ならば、水城の嫁はどうなる」

「…………」

睨まれた加納近江守が黙った。

「で、では、縁を切られれば」

「躬には切れぬ。なにせ、縁を結んだのが、躬の曽祖父にあたる綱吉さまじゃ。先祖が結んだ縁を、子孫が解くなど不孝でしかない」

幕府は朱子学《しゅし》を根本に置いている。忠孝を押しつけている幕府が、これに反するわけにはいかなかった。

なにより綱吉のお陰で紀州家の公子にふさわしい待遇を受けられるようになった吉宗である。吉宗は綱吉を恩人としていた。

「将軍家は公明正大でなければならぬ。一度決めたことは変えられぬ」

吉宗が続けた。

「ゆえに水城なのだ。水城は公用とはいえ、身分が軽い。その言は、さほどの重みを持たぬ。万一、躬と竹の間に故障（異議）を言い立てる者が出て、婚姻を流さなければならなくなったとき、若年寄などを京へやっていては、躬の名前に傷が付く。なにより、水城は竹姫付きの御広敷用人じゃ。今回の京行きも、躬の意思というより、婚姻を望んでいる二人のために動いたということで話はすむ」

「善意から出たと……」

「そうじゃ。善意は咎められぬ。水城も罪に問われまい」

「あまりでございましょう。それでは、水城が哀れに過ぎまする」

さすがの加納近江守も怒った。

「わかっておる。ちゃんと報いてやるわ。竹のことが無事に終われば、あやつを目付にしてやる」

吉宗が目をそらした。子供のときから一緒に過ごしてきた加納近江守には、吉宗も弱かった。

目付は千石高、厳格で優秀な旗本のなかの旗本と称される代わりに、激務である。が、目付から遠国奉行、勘定奉行、町奉行と出世していく者も少なくない。

「不便じゃ、将軍というものはな。したいこともできぬ。人というのは、偉くなればなるほど、制限が増える」

「上様……」

呟く吉宗に、加納近江守が気遣うような声を出した。

「天下人というのは、この世でもっとも縛りの多いものなのかも知れぬ」

小さく吉宗が嘆息した。

聡四郎を始めとする三人とも武芸のたしなみがある。旅慣れていないとはいえ、足取りも軽く、大股で歩く。

品川を昼前に出た三人は、その夜藤沢《ふじさわ》に宿を取った。

「明日小田原《おだわら》、明後日が箱根だな」

「参りましょうや」

旅籠で旅装を解きながら、旅程を口にした聡四郎に、大宮玄馬が訊いた。

「敵か」

ちらと聡四郎は山崎伊織を見た。

「今のところ、気配はござらぬ」

山崎伊織が否定した。

「かといって、なにもないはずはございますまい。先夜のこともござる」

続けて山崎伊織が述べた。

「うむ。見逃してはくれまいよ。いや、見逃されてはならぬ」

「見逃されてはならぬと言われまするど……」

大宮玄馬が不思議そうな顔をした。

「我らは囮《おとり》である」

「囮……」

聡四郎の一言に、大宮玄馬の表情が変わった。

「館林に襲われた直後に、江戸から離す。館林からしてみれば、襲撃の生き証人を始末できる絶好機であろう」

「…………」

大宮玄馬の目つきが厳しく尖った。

「上様の悪口は言うなよ」

聡四郎は釘を刺した。

「ですが、あまりでございましょう」

大宮玄馬が怒っていた。

「前回よりましだろう。前回は伊賀が敵だった。今回は、山崎が同行してくれている。この差は大きい。まあ、伊賀の郷は敵のままだがな」

聡四郎はみょうな慰めを口にした。

「伊賀の郷は気にせずともよろしゅうございましょう」

山崎伊織が加わった。

「なぜでござる」

伊賀者とはいえ、相手は直臣。水城家の家士で陪臣である大宮玄馬は、ていねいな口調で問うた。

「伊賀の郷忍で使いものになる連中は、ご用人さまとご貴殿で削り取られましたでしょう。さらに残りを率いて、江戸へ郷忍の長《おさ》が出てきているようでござれば」

山崎伊織が答えた。

「袖もそのようなことを申しておったな」

「はい」

療養中だった袖を刺客として使おうと考えた伊賀の郷忍が、水城家の屋敷へ忍びこんできた。それを撃退したのは、大宮玄馬であった。

「だが、そのていどしかおらぬのか、郷忍は」

「数は少のうござる」

訊かれた山崎伊織が語った。

「もともと伊賀の国は、もの成りが悪うござる。田畑の実りでは喰えぬゆえ、忍で出稼ぎした。それが伊賀の歴史。その伊賀も神君さまのお陰で、幕府家人としてお抱えいただいた。伊賀に残ったのは、そのとき江戸へ行くのをよしとしなかった者の末裔《まつえい》。数も少のうございました」

「なるほどな。たしかに喰える禄をもらえるならば、従うのが人の道理」

説明に聡四郎はうなずいた。

「なにより、忍を育てるには手間と金が要りまする。天下泰平となって長くなれば、探索や乱破《らっぱ》の需要はなくなりまする。仕事が減れば、忍は不要になり、育てなくなりまする」

「今に伝わっているのは、ごく一部だと」

「さようでござる。我らのように幕府の御用があれば、鍛錬もいたしますが……」

「将来使うかどうかわからぬ技のために、命がけの修行はせぬな」

聡四郎は納得した。

「なれば、安心でございますな。忍は手強《てごわ》い」

大宮玄馬がほっとしていた。

「郷忍でないのが来るだろう」

「あやつでございますか」

嫌そうな口調で大宮玄馬も、聡四郎に同意した。

「来るだろう」

「参りましょうな、藤川めが」

確認した聡四郎に、山崎伊織がうっとうしそうに眉をひそめた。

「箱根か」

「襲うならば、箱根がなによりでございましょう。なれど……」

推測を言った聡四郎に、山崎伊織が小さく首を左右に振った。

「忍は奇道」

「はい」

強く山崎伊織が首肯した。

「箱根で襲うと考えさせて、その前か、あるいは後ろを狙う。まだだと余裕を持っているとき、あるいはもう大丈夫だろうと気を緩めたとき」

「さすがでござる。忍との戦いに慣れておられる」

聡四郎の言葉に、山崎伊織が感心した。

「では、拙者は先に休ませていただきまする。畏れ入りまするが、一刻（約二時間）だけ、見張りをお願いいたしまする」

山崎伊織が、横になった。

「一刻では短かろう」

「いいえ。一刻で十分でござる。忍は寝ずとも五日は常に変わらず動けるように、鍛錬をしておりますれば」

気を遣った聡四郎に、山崎伊織が断った。

「わかった」

聡四郎が認めた。

「では、お先でござる」

目を閉じた山崎伊織が、すぐに眠りに入った。

「殿……」

大宮玄馬が小声を出した。

「上様への不満は辛抱せい。仕方ないのだ。まだ、上様には信用できる臣が、足りぬ。吾ごときに重要な役目をさせねばならぬほどにな」

苦く聡四郎が口をゆがめた。

「殿……」

大宮玄馬が気遣わしげな顔をした。

「上様は正統な将軍であらせられる。たしかに紀州家から入られたお方ではあるが、将軍宣下も受けられており、天下に恥じることはない。だが、それでも納得せぬ輩はおる」

「本家より離れすぎておるからでございましょうや」

「うむ。紀州家は御三家の筆頭ではない。将軍家から分かれて、六代になる。世間で六代も離れれば、赤の他人だ。吾とても六代前の親戚など、誰一人知らぬ」

「たしかに。六代も離れれば、顔さえ知らぬで当然でございますな」

聡四郎の話に大宮玄馬が同調した。

「そのうえ悪いことに、上様のご生母さまがな」

言いにくそうに聡四郎は口にした。

吉宗は紀伊徳川家二代光貞《みつさだ》の四男である。母は和歌山《わかやま》城の湯屋番という目通りさえかなわぬ身分の低い女中であった。その女中に入浴中に光貞が手を付けた。たった一度の戯れで吉宗が生まれた。

当時光貞は五十八歳、還暦まであと二年という老境である。分別もできているはずの光貞が、湯屋番などという卑しい女に子を産ませた。これは醜聞であった。

光貞は、己の子を孕《はら》んだ湯屋番を、城から出し、加納家に預けた。そして出生した吉宗を光貞は認知しなかったのだ。

幸い、五代将軍綱吉が側聞《そくぶん》ながら吉宗のことを知り、召し出したお陰で紀州家の公子として認められたが、あのままいけば、吉宗は捨て扶持で飼い殺しされかねなかった。

「成年するまで認められなかった」

「出自の知れぬ女の子」

吉宗への悪口である。たしかに吉宗の母は、紀州藩士巨勢八右衛門利清《こせはちえもんとしきよ》の娘となっているが、そのじつは流れの巡礼でしかなく、どこの出身かさえあやふやなままであった。

「得体が知れぬ」

譜代名門の大名が吉宗をどう観ているかといえば、これに尽きた。

「上様のご手腕が優れているのも悪い」

聡四郎は嘆息した。

僧籍に入った一人を除いた二人の兄が、立て続けに若死にしたことで、紀州家の家督が吉宗のもとに転がってきた。

このころ紀州藩は借財で苦労していた。なにせ駿河から加増なしで和歌山という難地へ転封《てんぽう》されたのだ。もの成りは駿河の半分、さらに紀伊は根来《ねごろ》など仏教が強く根付いており、すぐに一揆《いっき》を起こす。そこへ御三家にふさわしい城を建てた。紀州徳川の藩庫は空であった。

五代藩主となった吉宗は、内政に倹約という大鉈《おおなた》を振るった。藩主自ら木綿《もめん》を身に纏《まと》い、一汁一菜を率先した。

贅沢を禁じ、無駄な費《つい》えを排除した吉宗の改革は、反発を抑えこんで強行され、わずか数年で借財まみれだった紀州藩の財政は好転、金蔵に千両箱が積み上がった。

その実績も吉宗を八代将軍へと後押しした。老中や勘定方など、幕府の財政をよく知る者からすれば、金遣いの荒い将軍は避けたかったのだ。

いろいろな思惑もあり、八代将軍となった吉宗だったが、めでたいだけではなかった。

吉宗ではなく、松平右近将監清武を推した連中は冷や飯を喰わされて、不満を抱いている。さらに推しておきながら、思い通りに動いてくれない吉宗に思惑の外れた老中や若年寄なども困惑している。

「まだ上様は幕府を掌握されていない」

「…………」

陪臣の身分で同意できることではない。大宮玄馬は沈黙した。

「そして、吾は上様の手の者である。吾が好むと好まざるとにかかわりなく「殿のお望みではございませぬ」

それは大宮玄馬もよく知っていた。

聡四郎は、水城家の四男であった。本来ならば家督を継ぐどころか、どうやって養子に出ようかと悩むところであったが、長兄が家督を継ぐ前に病死、次兄、三兄がすでに他家の養子となっていたため、当主となった。

役方、それも代々の勘定筋である水城家を継いだ聡四郎は、五代将軍綱吉の政で乱れた幕府を糺《ただ》そうとする新井白石《あらいはくせき》によって、勘定吟味役に抜擢された。

勘定方の不正を監察する勘定吟味役の任は厳しく、複雑であった。それをこなしていく過程で、聡四郎は吉宗と出会い、当代一の豪商紀伊国屋文左衛門《きのくにやぶんざえもん》と対峙《たいじ》した。

やがて新井白石が失脚、聡四郎も役目を退《ひ》いた。

紅を娶り、大宮玄馬を家士とし、聡四郎は穏やかな毎日を過ごしていた。

「いつまでも遊ばせてやらぬ」

在任中の功績で、一代寄合格を与えられた聡四郎を吉宗が呼び出した。

「上様の罠のようなものだが、今さらどうしようもない。上様の庇護があればこそ、水城家は無事である。もし、上様になにかあれば、吾も一蓮托生《いちれんたくしょう》だ」

聡四郎は目を閉じた。

水城家は五百五十石、それほどたいした家柄ではない。お陰で政に直接かかわるほどの地位には就いていない。万一、失脚したところで、役目を外されるていど、よほど運が悪くて、半知没収ですむ。

「水城家は残ろう。だが、吾が生きていられるかどうかは別だ」

勘定吟味役、御広敷用人として、数多《あまた》の敵と戦ってきた聡四郎は、恨みをかなり買っている。

「殿に手出しなどさせませぬ」

大宮玄馬が強く言った。

「頼りにはしているが、数でこられれば、さすがにな」

どれだけの名人上手であろうとも、衆寡敵《しゅうかてき》せずは枉《ま》げられなかった。十人ていどならば、腕の差でどうにでもできる。

だが、数十人からの敵に、延々と襲われては保《も》たない。

真剣勝負は、心を痛めつける。繰り返しているうちに、気力がどんどん消費されてしまう。そして、気力がなくなったとき、戦いは負ける。

「だから走狗であるのだ」

聡四郎は、己を道具だと言った。

「殿……」

大宮玄馬がなんともいえない顔をした。

「そんな顔をするな。少しは打算もある」

「打算と仰せられますと」

「手柄を立てて、出世するという打算よ」

「…………」

聡四郎からもっとも遠い欲望に、大宮玄馬が驚いた。

「そんなにおかしいか。吾が出世を望むのが」

「無礼を承知で申しあげますが、殿には似合いませぬ」

大宮玄馬が述べた。

聡四郎と大宮玄馬は一放流入江道場の同門である。聡四郎が兄弟子、大宮玄馬が弟弟子だが、腕は逆であった。

「そなたは免許皆伝までだな」

聡四郎は、入江無手斎にそう宣言された。

「一流を立てることを許す」

対して大宮玄馬は、師入江無手斎をして、ここまで言わせるほどの天才であった。

独立を認められた大宮玄馬は、自らの道場を開くよりも、聡四郎の警固を選んでくれた。そして、水城家の家士となった。

こういった関係もあり、大宮玄馬は聡四郎に遠慮ない口がきけた。

「吾にも欲はあるぞ」

聡四郎は苦笑した。

「江戸でも申したよな。妻をもらい、子ができた。少しは父親らしいまねをせねばなるまい」

「それがご出世」

大宮玄馬が確かめるように言った。

「……ああ」

一瞬だけ、聡四郎は遅れた。

「殿は、やはり嘘はつけませぬな」

大宮玄馬が嘆息した。

「出世したいのではなく、出世することで、奥さまとお子さまを護りたいのでございましょう」

小さく首を振りながら、大宮玄馬が述べた。

「……やはり、そなたには気づかれるか」

「あたりまえでございまする。殿とはわたくしが六歳のときからおつきあいしていただいておりまする」

「紅はだませたと思うか」

「無理でございましょう。あの紅さまでございまする」

はっきりと大宮玄馬が否定した。

「そうか。わかっていてだまされてくれたか。過ぎた女だ」

聡四郎は嘆息した。

「大事になさいませぬと」

大宮玄馬も同意した。

「そなたもな」

「な、なにを」

袖のことを名前を出さずに言われ、大宮玄馬があわてた。

「さて、一刻経ちもうした。お二方お休みあれ」

むっくりと山崎伊織が起きあがった。


夜旅は危ない。

東海道や中山道《なかせんどう》、奥州街道など、幕府が管理する主街道に山賊などは出ないが、足下の不安定さは旅人を逃してはくれなかった。

街道脇に生えた松から伸びた根、削られた地面から顔を出した石など、日中ならばなんなく避けられるものも、夜間となれば障害になった。

「………」

月明かりも満足でない東海道を、他人目のない夜旅を利用して、御広敷伊賀組を抜けた忍二人が駆けた。

「藤沢の宿を避けるぞ。おそらく用人はそこだ」

「おう」

抜け忍の一人の言葉に、相方が首肯した。

「関所はどうする」

「そのようなもの、どうにでもできよう。旅芸人に放下《ほうか》してもよし、山を抜けてもよし」

問いに最初の抜け忍が答えた。

放下とは、変装のことだ。手慣れた忍ならば、武家から町人までいかようにも化ける。旅芸人を選んだのは、手形が要らないからであった。

旅芸人、鳥追い、歩き巫女《みこ》などは、手形がなくとも関所を通れた。芸人などは人《にん》別《べつ》を離れた者が多く、住むところも一定しなかった。当然、手形は発行されない。そこで関所では、身分証明代わりに、自慢の芸を披露させた。芸ができれば、関所を通す。

人扱いされない芸人の特権であった。

「わかった。しかし、居場所くらい確認せずともよいのか」

「組頭がなさろうよ」

抜け忍が冷たく言った。

「なあ、岩崎《いわさき》」

「なんだ、坂手《さかて》」

風を巻くように走りながら、抜け忍が会話を続けた。

「組頭についてきてよかったのかの」

「……そうよな」

坂手と呼ばれた抜け忍の質問に、もう一人の岩崎が悩んだ。

「手取りは増えたな」

「ああ」

抜けた御広敷伊賀者は、館林に金で雇われるという形になっていた。

「借財も踏み倒せた」

「たしかに」

坂手が笑った。

貧しい御広敷伊賀者は誰もが、禄米をかたに札差《ふださし》から金を借りている。その利子の返済だけで、禄米の半分が消えていく者も少なくなかった。

「禄がなくなったのだ。借財も気にせずともよい」

岩崎も笑った。

「だが、未来《さき》が見えぬ」

表情を引き締めて岩崎が述べた。

「未来はないな」

冷静に坂手が告げた。

「上様に逆らった我らに、居場所はない」

「館林さまが将軍になれれば……」

「そんなものを信じているのか。忍は真実だけを見つめるものだ。己の夢を見てはならぬ」

反論しかけた岩崎に坂手が押し被せた。

「わかっておるわ」

岩崎が不足そうに口を尖らせた。

「夢を見たいではないか」

先ほど釘を刺されたことを、岩崎が言った。

「…………」

坂手が黙った。

「御広敷伊賀者であれば、夢を見てはならなかった。見る意味も、価値もなかったからな。どれほどの手柄を立てようとも、御広敷伊賀者は、子々孫々までそのままだったからだ」

御広敷伊賀者を含めた伊賀者同心は、すべて世襲であった。父が伊賀者であれば、子も伊賀者と定められており、決して町方同心や、お先手組《さきてぐみ》同心への異動はなかった。

「しかし、今は違う。出世というのは違うだろうが、御広敷伊賀者ではもうない。金を貯めて商いをしてもいい」

「ああ」

坂手がうなずいた。

「それこそ、株を買って旗本となることもできる」

株とは家系図のことだ。子供のいない旗本あるいは、借財で首の回らない旗本に、金を渡して養子にしてもらい、家督を継ぐ。これを株の売り買いと呼ぶ。もちろん、先祖の功を金で遣り取りする行為であり、幕府は認めていない。株を売り買いしたとわかれば、家は改易《かいえき》、買った者も売った者も死罪となった。

とはいえ、旗本だけで数万からいるのである。密告でもされない限り、ばれることはまずなかった。

「なれるな」

「なりたくないか」

「……なりたいに決まっている。雨が降ろうとも傘がさせず、寒中でも毛ずねを丸出しにせねばならぬ忍は哀れだった」

訊かれた坂手が応じた。

「だが、買えるか。金の遣り取りは、すべて藤川さまがしている。我らは決まっただけしかもらえぬ。御広敷にいたころよりは裕福だが、余るほどではないぞ。とても何百両というような金を手にはできぬ」

あきらめるように坂手が首を左右に振った。

「藤川さまがいなくなればどうなる」

「なにを考えている、岩崎」

誘うような岩崎に、坂手が驚いた。

「安心しろ。藤川さまを裏切るとは言わぬ」

岩崎が声を和《やわ》らげた。

「どういうことだ」

「用人だ。今回も用人を襲うのだろう」

「ああ。すでに藤川さまの生きる意味のようなものだからな。用人を殺すまでか、己が死ぬまで藤川さまはあきらめまいよ」

岩崎が語った。

「ならば、直接戦っていただこうではないか」

「………………」

坂手が黙った。

「我らは従者の牽制《けんせい》に回る。藤川さまと用人、一対一の戦いを作ってさしあげるのだ」

岩崎が告げた。

「藤川さま一人で勝てるわけなかろうが。勝てるようなら、我らは御広敷から逃げ出しておらぬ」

嫌な顔を坂手がした。

「用人一人倒せぬようでは、我らの命運を預けるにふさわしいお方とは言えまいが」

「もし、藤川さまが負けたらどうする。我ら二人で、従者と用人を相手にはできぬ」

坂手が厳しい目で岩崎を見た。

「そのときは逃げる」

あっさりと岩崎が言った。

「逃げてどうするのだ。我らは館林に飼われているのだ。藤川さまを失って、逃げ帰った我らを館林が受け入れてくれるはずはない」

坂手が反論した。

「藤川さまが負けたならば……」

「負けたならば、逃げると言ったではないか」

繰り返した岩崎に、坂手があきれた。

「忍をやめる」

「なっ……」

坂手が絶句した。

「どうやって生きていくつもりだ。猟師や百姓にでもなると」

「猟師や百姓になって、まともに働くつもりならば、最初から藤川さまについてなど来ぬさ」

「まさか」

「そうだ。盗人《ぬすっと》をしようではないか」

岩崎が坂手を見た。

「馬鹿を言うな。より御上から追われるぞ」

坂手が顔色を変えた。

「捕吏《ほり》ていどなど、相手にもなるまい」

「それはたしかだが……」

伊賀者からしてみれば、十手《じって》をひけらかして権威をふりまわすだけの与力、同心など敵でさえなかった。

「江戸は離れよう。どこで御広敷伊賀者と顔を合わすやも知れぬ」

「ああ。抜け忍として表にさえ出られぬのは辛い。岡場所にも行けぬ」

岩崎の言葉に、坂手が嘆息した。

「大坂はどうだ。天下の金は大坂に集まる。それをいただこうではないか」

「それはいいが……いつまでも続けられぬぞ。体力も気力も萎《な》えていく。いつかは盗賊もできなくなるぞ。それでは、今と変わるまい」

坂手が先がないと言った。

「生涯遊んで暮らせるだけの金を貯めようぞ。男一人、あと三十年生きるとして、月に五両もあれば相当な贅沢ができる。一千八百両もあれば、死ぬまで大丈夫だ」

「そんな大金……」

小判の一枚もそうそうに手にできないのが、伊賀者である。夢のような話だと坂手が目を剝いたのも当然であった。

「心配するな。大坂の商人の蔵には万の金がうなっていると言うぞ。二人で一度に五百両盗めば十回もせずに届くのだ」

「ふうむ。それくらいならばできそうだな」

岩崎の説得に坂手が動いた。

「二人で残りの生を謳歌《おうか》しようではないか。金さえあれば、妻を娶り、子をなすこともできる」

「嫁をもらえるか……」

「それも他人目に付くほどの美形をな」

岩崎が止《とど》めの一言を刺した。

「……やるか」

坂手がうなずいた。

第五章　待ち伏せ

一

小田原は大久保加賀守《おおくぼかがのかみ》十万三千石の城下町である。町屋千五百軒、ほぼ同数の武家屋敷があり、人口一万人をこえる東海道でも有数の宿場町でもあった。

「まだ日はあるが、明日に備えて早めに休もう」

「承知」

「…………」

聡四郎の提案に山崎伊織が同意し、大宮玄馬は沈黙で応えた。これも身分差によるものであった。

山崎伊織は御家人とはいえ直臣である。聡四郎は上司であるが、一応意見を求めるのが礼儀であった。対して大宮玄馬は家士のため、主人聡四郎の決定に異《い》を挟むことはしない。

「ここでよかろう」

宿場町のほぼ中央、もっともにぎやかなところにある旅籠の前で聡四郎は足を止めた。夜になれば枕頭《ちんとう》に侍《はべ》る飯盛《めしも》り女の姿もあった。

「けっこうでござる。忍は他人目を嫌がるものでございますれば」

山崎伊織が認めた。

「お早いお着きで」

土間へ入った聡四郎たちを、宿の番頭が出迎えた。

「風呂は使えるか。明日早発ちにいたしたいゆえ、飯も早めに頼む。あと、明日の分の弁当として握り飯を五つずつ、三人前用意をしてくれ」

宿との交渉は大宮玄馬の仕事である。大宮玄馬がさっさと要望を述べた。

「お酒はいかがいたしましょう。下り酒とまではいきませぬが、なかなかの……」

「要らぬ。あと女も不要である」

勧めようとする番頭に、大宮玄馬が拒んだ。

「へい。では、ご案内を」

「ああ、申しておく。我ら御上御用で京へ向かう者。相部屋などは困るぞ」

大宮玄馬が釘を刺した。旅人が多くなると、武家といえども相部屋を求められることがあった。いつ襲われるかわからぬ状況で、見ず知らずの者と一夜を過ごすなど論外であった。

「御上の……へい。わかりましてございまする」

「玄馬、これを」

聡四郎が大宮玄馬に小粒金を手渡した。

「はっ。番頭、主よりの茶代じゃ。ありがたく受け取れ」

大宮玄馬が受け取った金をそのまま番頭の手のひらへ置いた。

「これは……ありがとうございまする」

「頼むぞ」

礼を言う番頭に、聡四郎は鷹揚《おうよう》にうなずいた。

「世慣れておられる」

部屋に入った山崎伊織が感心した。

「教わっただけよ。他人に余計なことをさせるならば、それだけのものを払えとな」

前回京へ往復したとき、旅の指南としてつきあってくれた伊之介から聡四郎は学んでいた。

「では……」

山崎伊織が聡四郎の表情を窺《うかが》った。

「吾は、なにも知らぬ。探索御用は門外漢だからな」

聡四郎が告げた。

「……かたじけなし」

山崎伊織が感謝した。

「余得が悪に流れては困るが、生きる糧あるいは任に堪《た》える支えとなるならば、さほど強く咎めるべきではなかろうと思う」

勘定吟味役を長く務めた聡四郎は、幕府のあちこちに無駄な金が消えているのを見てきた。なかには、単に私腹を肥やすためだけにおこなわれているものもあった。もっとも伊賀者のように、余得で露命を繋いでいる場合もある。

伊賀者は、幕府から命じられた隠密御用の費用を余らせ、それを余得として組で配分していた。そうでもしなければ、三十俵三人扶持の薄禄では生きていけないのだ。それを吉宗が咎め、伊賀者から探索御用を取りあげ、御庭之者へと移した。ために御広敷伊賀者は、吉宗に近い聡四郎に反発し、藤川義右衛門が叛逆《はんぎゃく》した。

「あまり厳しく取り締まりますと旨《うま》みが消え、商人の元気がなくなりますよ。商人が元気をなくせば、天下に流れる金も減る。職人への注文は減り、百姓の作る米の値段は上がらない。そうなってからでは遅いのでございますよ」

かつて聡四郎の前に立ちはだかった天下の豪商紀伊国屋文左衛門の言葉である。それが真実だと、町人の娘だった紅とつきあうようになって聡四郎は知った。

「上様は……」

山崎伊織がさらに問うような顔をした。

「おわかりでござろうよ。あのお方は、紀州で庶民に近い日々を過ごしてこられた。金のありがたみも怖さもよくご存じである。伊賀への鉄槌《てっつい》は、怠惰に流れ、余得が当然だと思うようになっているとお考えになられたからではないか」

吉宗の心中は聡四郎に計り知れない。

「でなくば、御広敷伊賀者を咎めずにおかれるはずはなかろう」

藤川義右衛門の行動は謀反に等しい。全員ではないとはいえ、御広敷伊賀者の多くが荷担したのだ。謀反は連座の対象となる重罪である。御広敷伊賀組を取りつぶして当然であった。

「そうなさらず、頭を替えただけで存続を許された。まあ、庭之者だけで手が回らぬというのも事実ではあろうが」

聡四郎は吉宗の考えを推測した。

「……………」

「なにより、おぬしを吾の供に付けられた。これが上様のお心であろう」

まだ不安そうな山崎伊織に聡四郎は続けた。

「供させたことがでございますか」

山崎伊織が首をかしげた。山崎伊織の口調がていねいなものになっていた。

「そうだ。伊賀者を信じておられぬならば、おぬしを供にはすまい。先夜のことを含めてな」

「伊賀を信じる……」

聡四郎の一言に山崎伊織が息を呑んだ。

「信じておらぬ者に探索御用などさせられまい。偽りを報告するやも知れぬのだぞ。真実だけを運ぶ。そう思えばこそ、任を与える。そうであろう」

「たしかに」

山崎伊織が納得した。

「ああ。これで伊賀は生きていける」

ほっと山崎伊織が嘆息した。

「念を押すまでもないとは思うが、やりすぎるなよ」

「重々承知しております る」

聡四郎の注意に、山崎伊織が首肯した。

「……用人さま」

山崎伊織が声を潜めた。

「はっ」

「玄馬。廊下を見張れ」

聡四郎の指示に大宮玄馬が従い、座敷の襖側に移動した。

「山崎」

話せと聡四郎は促した。

「夜半に拙者は先行いたしましょう」

「関所は通れぬぞ」

山崎伊織の提案に聡四郎は告げた。

「関所までを調べまする」

「待ち伏せあるいは罠を探すと」

「もちろん、そのすべてを見つけ出すことはできませぬが、あまりに露骨なものは潰せましょう」

山崎伊織が述べた。

「露骨なものとは」

「崖に火薬を仕掛け、通るところを狙って点火させたり、坂の上から丸太を転がしたりなど、大規模な準備が要るものでございまする」

「他の旅人を巻きこむつもりか」

聞いた聡四郎は顔色を変えた。

「本来、忍は非情なものでございまする。任を果たすためならば、仲間でも殺す。庶民の命など気にもしませぬ」

すっと山崎伊織から表情が消えた。

「むう……藤川ならやりかねぬ」

聡四郎は唸った。

「…………」

無言で山崎伊織が認めた。

「用人さまと同行しては、間に合わぬときもござる」

「頭上数丈《じょう》からの落石など、まずわからぬな」

山崎伊織の懸念を聡四郎は理解した。

「だが、一人で大丈夫か。向こうは複数だろう」

「伊賀者は一人で任に就きませぬ。必ず複数で出張《でば》りまする」

「たしかに先月、屋敷に忍んだ者は別にして、襲い来たときはいつも複数であった。」

聡四郎が思い出した。

「とは言いながら、忍はあまり大勢で動きませぬ。どれほど気配を断ったところで、数が多くなればどうしても気づかれるゆえに」

「なるほど。とはいえ、それでもあちらが優位であろう」

「負けはいたしませぬよ。逃げ出すような奴らには」

山崎伊織が胸を張った。

「しばし待て……」

聡四郎は思案した。

「かかわりのない旅人を巻きこむわけにはいかぬ」

「では……」

山崎伊織が腰をあげかけた。

「待て。一つだけ条件がある。命の遣り取りを禁じる」

「それでは、見つけても襲うなと」

不満そうな顔を山崎伊織がした。

「ああ。数の差は抗いきれぬ真理だ。罠を探し、それを解除するだけに留《とど》めよ」

「…………」

山崎伊織が沈黙した。

「まだ京へ至るには、半分も来ていないのだ。ここで決戦する意味はない」

「……それはそうでございまするが」

「我らのお役目をはきちがえるな。逃げた御広敷伊賀者を討つことではない。竹姫さまお輿入れの下準備をすることこそ、任である」

聡四郎が諭した。

「さようでございました」

ようやく山崎伊織が治まった。

「頼むぞ」

「はっ」

「待て」

立ちあがった山崎伊織を聡四郎が止めた。

「まだなにか」

山崎伊織が腰を屈め、片膝をついた。立ちあがったまま目上と話をするのは無礼であった。

「夕飯を喰っていけ。宿の者が不審に思っては困る」

「……はい」

山崎伊織が座り直した。

小田原を出ると街道は上り坂になる。東海道一の難所と言われる箱根への道を夜旅する者はいない。四里(約十六キロメートル)の道を寝ずに進んでも、関所は通れないのだ。

箱根の関所の開門は、夜明けから日暮れまでと決まっており、幕府の急用でなければ通行はできなかった。

つまり、夜旅をかけて旅程を短縮し、旅籠代を倹約しようという効果は得られない。さらに山道に明かりはない。松明《たいまつ》など置いて山火事になれば大事である。真っ暗な山道を進むことがどれほど危険か、子供でもわかる。

つまり、城下を外れれば、人の姿はまったくなくなった。

「どうする」

平地と変わらぬ速度で駆けながら、岩崎が相談を持ちかけた。

「罠か」

走りながら坂手が確認した。

「ああ。罠に引っかかってくれれば楽だ」

「反撃されぬからな」

二人が足を緩めた。

「火薬を持っているか」

「自爆用でよければな」

問うた岩崎に、坂手が答えた。

忍は逃げられないと悟ったとき、正体を知られぬよう顔を焼く。そのための火薬を忍頭巾の下に仕込んであった。

「吾も同じだ。二人合わせても、足りぬな」

「よほど危なっかしい岩ならば、どうにかできようが……」

そろって二人が難しい顔をした。

「落とし穴を掘るわけにもいかぬ」

「誰が落ちるかわからぬ。用人たちより先に他の旅人が引っかかれば、意味がない」

落とし穴も否定された。

「木に細工するか」

忍は夜目がきく。岩崎が周りを見回した。

「あれなどどうだ」

岩崎が街道の右に生えている大きな松を指さした。

「この根元に切り傷を付けて、そこに爆薬をしこめば」

「街道へ倒せるな」

説明する岩崎に、坂手がうなずいた。

「しかし、岩と違い転がってはくれぬぞ。よほど機を合わせねば、用人を直撃するのは難しい」

「一人残ればいい」

あっさりと岩崎が告げた。

「向こうには伊織がついている。気づかれるぞ」

「火縄の臭いか」

岩崎が苦い顔をした。

火縄は檜皮《ひわだ》、竹、木綿などを細かく撚《よ》って紐状にして、硝石《しょうせき》を染みこませたものだ。火をつければ、ゆっくりと燃える。一気に燃え上がらないため、火縄銃の火種や、道中懐炉《かいろ》の材料として重宝された。

「風の向きによっては、一丁（約百十メートル）離れていても臭う」

「直前まで火を隠しておけば、逃げ遅れるな」

「その前に見つかるだろう」

同じ伊賀の忍の技を学んできたのだ。手の内は完全に知られている。

「かといってなにもしないのも、変だな」

「ああ」

狙われていることはわかっているはずである。しかも箱根ほど、他人を襲うに適した場所はない。

「当たれば幸いというていどで仕掛けておくか」

「だの」

顔を見合わせた二人が、左右の松並木へと分かれた。

「切りこみを入れるだけでいいな」

「うむ。ただし、折れたとき街道へ倒れるように調整しろよ」

坂手へ岩崎が念を押した。

「いつ倒れるかはわからんが、しないよりましだ」

「他の旅人に当たったとしたら、運が悪かったとあきらめてもらおう。旅には事故がつきものだからの」

二人が小さく笑った。

「さて、急ごうか。明るくなる前に関所をこえておこう。放下するのも面倒だ」

「おうよ」

風のように、二人の抜け忍は闇のなかへと走り去った。

二

夕餉を終えた山崎伊織が、静かに窓を開けた。

「では、関所で」

旅籠の二階から屋根へ上がった山崎伊織が、足音もなく駆けていった。

「あいかわらず、すさまじいものでございますな」

見送って窓を閉めた大宮玄馬が感嘆した。

「物心つくころから、修行を重ねてきたのだろうな」

聡四郎も感心していた。

「さて、我らも休むとしよう」

すでに夜具は敷かせてある。聡四郎は太刀を抱くようにして、横になった。

「常夜灯にいたしまする」

大宮玄馬が、行燈《あんどん》の明かりを消した。

旅籠の多くは、廊下に常夜灯を設置している。座敷の行燈を消しても、その明かりが座敷まで届く。隅まで照らしはしないが、ものの形は十分判別できた。


翌朝、日が昇る前に聡四郎たちは旅籠を出た。

「…………」

心付けがきいたのか、一人足りないことを番頭は口にしなかった。

「急ぐぞ」

聡四郎は足を速めた。

上り坂にさしかかり、しばらく行ったところで早発ちの旅人たちが、止まっていた。

「見て参りましょう」

すぐに大宮玄馬が駆けていった。

「……並木の松が二本、街道を塞《ふさ》ぐように倒れております る」

戻ってきた大宮玄馬が報告した。

「通れそうか」

「女には厳しいでしょうが、男ならば十分跨《また》げましょう」

訊いた聡四郎に、大宮玄馬が答えた。

「ならば、参ろう」

聡四郎は先へ進んだ。

「山崎の仕事だな」

「はい」

まだ騒いでいる旅人を残して、二人は山道を登った。

膝が胸につくと言われるほどの急坂も、剣術を修めている二人にはさほどの障害ではない。聡四郎と大宮玄馬は、わずか一刻半（約三時間）ほどで箱根の関所へ着いた。

「ご用人さま」

山崎伊織が、関所の手前、一里塚を背にしていた。一里塚は街道の左手にあり、その向こうには芦ノ湖《あしのこ》が拡がっている。背後からの急襲のありえない場所を、山崎伊織は選んでいた。

「やはりか」

「はい。並木に細工がしてございました」

確かめる聡四郎に、山崎伊織が告げた。

「姿は……」

「いいえ」

「では、確実な罠ではなかったのだな」

「…………」

無言で山崎伊織がうなずいた。

「妙だな」

「……妙でございまする」

山崎伊織が同意した。

「わたくしが罠を見つけたとき、木に入れられていた傷は冷えておりました」

ものに傷を入れると、そこが熱くなる。とくに木を切り倒すほどの傷を入れるとなれば、相当なものになり、熱を持った。

「そんなに違うのか」

「触れれば、わかるていどでございますが」

首をかしげた聡四郎に、山崎伊織が述べた。

「仕掛けて放置とは、質の悪いまねをする。誰が被害を受けるかわからぬではないか」

聡四郎は憤った。

「落ちた忍に、人がましいことを望まれますな」

山崎伊織が首を左右に振った。

「落ちた忍の行く末は、野盗か人殺しと相場は決まっておりまする。忍の技など、まともな仕事をするうえでなんの役にも立ちませせぬゆえ」

「……遠慮は要らぬようだ」

聡四郎は吐き捨てた。

「行くぞ」

手を挙げて聡四郎は関所へと向かった。

箱根の関所は幕府直轄から小田原藩委託へと変わっていた。関所役人は、小田原藩から出るが、その権威は幕府役人に等しい。

「御広敷用人、水城聡四郎。お役目で通る」

とはいえ、旗本を止めることはできなかった。

「どうぞ」

あっさりと聡四郎たちは関所を抜けた。

「今日中に原宿《はらしゆく》まで行きたい」

聡四郎は足を急がせた。

箱根から三島《みしま》は三里二十八丁（約十五キロメートル）あるが、下りであり、小田原から箱根に比べるとかなり楽である。三島から原宿は三里（約十二キロメートル）離れているが、間に難所はない。

「日が暮れになりましょうが、よろしゅうございますか」

大宮玄馬が訊いた。

従者は主人の意見に従うものであるが、万一の懸念があるときには助言するのも責務であった。

「罠の仕掛けを使うこともできぬ連中だ。三人そろっているところを襲ってはこまい」

「おそらくは」

聡四郎の言いぶんを山崎伊織も認めた。

「承知いたしましてございまする」

納得した大宮玄馬が聡四郎の後ろに付いた。

「では、急ぐぞ」

聡四郎は足を速めた。

柳左伝は、駿河の城下に日のあるうちに着いた。

「合い印は……あった」

街道沿いの旅籠、その一軒の軒下にいくつかの笠が掛けられている。そのなかに井の字が入った笠がぶらさがっていた。

「世話になる」

柳左伝が、旅籠に入った。

「お出でなさいませ」

「表の笠を見た。連れが先に着いているはずだ」

出迎えた番頭に、柳左伝が告げた。

「失礼でございますが、お名前を」

「柳である」

問われて柳左伝が名乗った。

「お連れさまは、二階の突きあたりでございまする。おい、ご案内を」

番頭が、手代らしき若い男に命じた。

「お見えでございまする」

手代の先触れで、柳左伝は藤川義右衛門たちの待つ旅籠の座敷へ入った。

「来たか。適当に腰を下ろせ」

藤川義右衛門が座れとうながした。

「岩崎と坂手であったか」

御広敷伊賀者組屋敷にいる者は少ない。皆、顔見知りに近い。柳左伝が二人の抜け忍の名前を言った。

「柳か、久しぶりだな」

「なるほどな。剣術で対抗させると」

岩崎が手を挙げ、坂手がうなずいた。

「箱根の山で木を切ったのは、おぬしたちだな」

「ああ」

確かめた柳左伝に、岩崎が認めた。

「大騒動になっていたぞ。小田原藩から人足を出して片づけさせたそうだが、切りこみが見つかって、誰がやったかの詮議《せんぎ》が始まっていた。詮議で箱根の関所が混雑して、迷惑であった」

柳左伝が文句を付けた。

「足止めくらいにはなっただろう」

岩崎が笑った。

「油断できぬと、緊張を強いられたはずだ。夜もまともに寝てはおるまい。十分な成果を出したな」

坂手も胸を張った。

「…………」

藤川義右衛門はなにも言わなかった。

「我らが先行していることを教えたのだぞ」

柳左伝があきれた。

「そのていどならば、どうということはない。いつ襲うかは、こっちのつごうだからな」

「うむ」

坂手と岩崎が二人で納得していた。

「藤川、どこでやるのだ」

二人から目を移して、柳左伝が問うた。

「どこにいた、連中は」

「原宿で抜いた。今ごろは、興津《おきつ》宿ではないか」

藤川義右衛門に訊かれた柳左伝が推測を述べた。

「興津から駿河府中《ふちゅう》までは四里弱……ならば、あと一刻半（約三時間）ほどか」

さっと藤川義右衛門が計算した。

「どうする。お頭」

岩崎が問うた。

「入り口手前でやる。日が暮れた街道を歩き疲れて、宿場の明かりが見えたところを狙う」

「ほっと息を吐《つ》いた瞬間をやるか」

坂手が口の端をゆがめた。

「必殺の陣形を張る。岩崎、短弓を持っているな。それで松の木の上から、同行している山崎伊織を撃て」

藤川義右衛門が配置を口にした。

「坂手、そなたは岩崎の矢が放たれたのを合図に、用人へ手裏剣を放ちつつ突っ込め」

「吾はどうする」

柳左伝が役割を尋ねた。

「足止めの役を頼もう」

「……足止め」

怪訝な顔を柳左伝がした。

「街道を進んでくる連中をまず弓で討つのだろう。それで足止めはできようが」

柳左伝が疑問を口にした。

「順番が違う」

藤川義右衛門が首を左右に振った。

「宿場の手前、街道の中央でそなたには待ちかまえてもらう。宿場が見えて、今日も無事だったと安堵したところに、立ちふさがれてみろ。三人の注意はそなただけに向かう。その瞬間を岩崎と坂手は狙う」

「囮をしろと」

不機嫌な声を柳左伝が出した。

「囮ではない。足止めと攻撃だ。岩崎と坂手がそれぞれの役目を果たすため、そなたは従者を押さえよ」

藤川義右衛門が指示した。

「あの従者を……」

大宮玄馬の剣は、あきらかに柳左伝を上回っている。柳左伝が頰をゆがめた。

「勝てと言いたいが、とりあえず、従者を動けぬよう牽制するだけでいい。従者の援護がなければ、用人を殺すのはさほどの難題ではない」

嫌がる柳左伝に、藤川義右衛門が説明した。

「おぬしはなにをするというのだ。じっと見ているだけなどと言うまいな」

べた。

柳左伝が、一人安全なところで楽をしようというのではなかろうなと疑惑を浮か
「儂が加わらずとも勝てればなによりだが、そうもいかぬ。儂は、少し駿河府中の宿場より離れたところで、用人たちをやり過ごし、機を見て後ろから戦いに加わる」

藤川義右衛門が己の役目を告げた。

「こちらを三人と考えたところに、後ろからか。効果はありそうだ」

柳左伝が納得した。

「よいか、しっかりと己の役目を果たせ。吾が身を顧みるな。ここで用人を殺す。伊賀の恨みを思い知らせてくれるわ」

暗い笑いを藤川義右衛門が浮かべた。

「……準備に入るぞ。まずは、食事と風呂だ。臭いで感づかれてはならぬゆえ、酒と葱《ねぎ》や生姜《しょうが》などの臭いものは我慢しろ。汗もしっかりと落とせ。己は気づかぬものだが、意外と人は汗くさい」

すぐに、藤川義右衛門が、感情を消した。

「……承知」

「ああ……」

岩崎と坂手が顔を見合わせて首を縦に振った。

「わかった」

柳左伝も首肯した。

「少し早いが、寝る。朝まで起こすな」

旅籠にそう命じて、食事と入浴をすませた藤川義右衛門ら四人は、二階の窓から外へと出た。柳左伝も忍ではないが、剣術遣いである。それくらいは難なくこなした。

「ここで決めるぞ」

藤川義右衛門の合図で四人が、宿場の夜へと溶けた。

三

江尻《えじり》の宿場を出て、少ししたところで日が暮れた。山崎伊織を先頭とした聡四郎たち一行は、速度を落とすことなく駿河府中を目指した。

東海道は幕府道中奉行が管轄し、諸藩にその手入れを命じている。旅人の往来だけでなく、参勤交代で使う大名も多い。変に穴が開いていたり、大きな石が落ちていれば、藩の名前にもかかわる。

夜道を駆けても東海道はまず大丈夫であった。

「箱根以来何もないな」

聡四郎は疑問を持っていた。

「あれも意味のないまねでございましたし」

山崎伊織も同意した。

「京で待ちかまえているのではございませぬか」

大宮玄馬が口にした。

「京に入れば、我らは所司代や町奉行所の手を借りられる」

内意を伝えるだけとはいえ、吉宗の命には違いない。京都にいる幕府の者は、聡四郎に求められれば、協力する。

「使えましょうや、連中は」

かつての経験から、大宮玄馬が不信を露わにした。

「戦力にはなるまいが、相手を動きにくくするくらいはできよう」

聡四郎も苦い顔をした。

「京に入る前に、伊賀近くを通りまするが……」

　山崎伊織が注意を促した。

「桑名から京へ向かうには、東海道を進むか、津《つ》を経由して伊賀越えをするかだが……」

「伊賀越えはなさいますまい」

　聡四郎が言った選択肢を、山崎伊織が絞った。

「敵の本拠に足を踏み入れるつもりはない」

　戦いにおいて、地の利は大きい。見たこともない土地で、その地の者と戦うなど、負けに行くようなものであった。

「ちなみに東海道を進まれても、近江の国を渡ることになりまする。近江は、伊賀に近く、その手のうちでござる」

「甲賀《こうが》があるであろう。忍同士、互いの縄張りを意識しないのか」

　聡四郎は訊いた。

　幕府には伊賀者の他に甲賀者も仕えていた。大手門を入ったところにある百人番所に詰め、出入りする者を見張る。これが甲賀者の任であった。

　たかが門番だと思うだろうが、その身分は高かった。甲賀者は与力として扱われていた。与力といったところで、町方与力同様、目通りのかなわない御家人ではあるが、その禄は伊賀者を圧倒していた。

与力は二百石内外を給される。二百石は手取りにすればおよそ二百俵、伊賀者の禄、三十俵三人扶持の四倍以上になる。

同じ忍なのに、この格差がつけられた経緯は定かではない。とはいえ、伊賀者にとって納得できる扱いではなかった。

そこに、もともと甲賀忍者は、近江の土豪《どごう》から派生しており、伊賀者のような侍身分でさえない下人とは違うという態度もあり、甲賀と伊賀の仲は悪い。

「甲賀はすでに滅びておりまする。神君家康公のお招きに応じ、忍の技を持つ者のほとんどが江戸へ向かい、残った者も帰農してしまい、もう忍の郷とは言えませぬ」

山崎伊織が告げた。

「伊賀の思うがままだと」

「はい。もっとも伊賀もすでに辛い忍の修行を嫌い、ほとんどが百姓になっておりまするが」

聡四郎の言葉にうなずきながら、山崎伊織が苦笑した。

「とはいえ、油断はできませぬ。ご用人さま、伊賀の郷忍を何人倒されました」

山崎伊織が尋ねた。

「何人と言われてもな。どれが郷忍で、どれが御広敷伊賀者か、我らには区別がつかぬ」

「…………」

言う聡四郎に、大宮玄馬が無言でうなずいた。

「合わせてでけっこうでございまする」

「四人か」

「その前と江戸に戻ってからもございまする。全部で十人前後ではないかと」

確認するような聡四郎に、大宮玄馬が応えた。

「十人も伊賀者を……一人で武者三人に匹敵すると言われた我らを」

聞いた山崎伊織が目を剝いた。

「…………」

倒したなかに、山崎伊織の親戚、知人もいたかも知れなかった。気まずく聡四郎は黙った。

「申しわけなし。お気になさらず。任で果てるは、伊賀者の宿命《さだめ》でござる」

あわてて山崎伊織が手を振った。

「……十人の半分が郷忍だとすれば、残りはせいぜい十人ほどでございましょう」

山崎伊織が話を戻した。

「江戸に半分は出しておりましょう。さらに郷を留守にはできませぬ。若い者の鍛錬を指導する者が要りますので。それに二人割いたとして……こちらに向かうのは、三人から四人が精一杯ではないかと」

「四人か」

「難しゅうございますな」

山崎伊織の推測に聡四郎と大宮玄馬が難しい顔をした。

「今度は、こちらを侮ってくれまい」

前回京の伏見で襲われたときは、まだ伊賀の郷忍に油断があった。ちょっと剣が遣えるていどの旗本に負けるはずはないという慢心が、伊賀の郷忍を殺した。

「はい」

大宮玄馬も首肯した。

「……駿河府中の灯が見えましたぞ」

話しながらも三人は足を緩めていない。山崎伊織が遠くを指さした。

「駿河府中は、駿河の城下町でもある。町奉行所もあり、治安は小田原よりもよいと聞く。だけに気がかりだ」

聡四郎は声を低くした。

「箱根のこともございまする」

大宮玄馬も警戒を強めた。

「先行しましょうや」

山崎伊織が申し出た。

「いや、距離が箱根のときほどではない。このまま行こう。玄馬」

「……承知」

鯉口《こいぐち》を切った聡四郎に、大宮玄馬も倣《なら》った。

「……あれは」

そこから一丁（約百十メートル）ほど進んで、山崎伊織が声を出した。

「なんだ」

「人が立っておりまする」

問われた山崎伊織が答えた。

「まだ見えぬ。玄馬はどうだ」

「わたくしもまだ」

玄馬が首を横に振った。

「ご注意を」

二人の驚嘆を無視して、山崎伊織が警告した。

「…………」

聡四郎と大宮玄馬が緊張した。

「行きますぞ」

じっと止まっているわけにはいかなかった。山崎伊織が籠手をはめながら、前へ進んだ。

「何者だ。行路の邪魔をいたすな」

柳左伝まで五間（約九メートル）少しのところで、山崎伊織が誰何《すいか》の声を発した。

「あれは……」

最後尾にいた大宮玄馬が、一瞬月明かりに照らされた男の顔を見て驚いた。

「知っているようだな」

聡四郎が柳左伝から目を離さず、大宮玄馬へ問いかけた。

「江戸で一度剣を交えておりまする」

「刺客というわけか」

大宮玄馬がむやみやたらと刀を振り回す男ではないと聡四郎はよくわかっている。その大宮玄馬が刃を合わせたとなれば、敵であった。

「一人ではございませぬぞ」

大宮玄馬は、前回襲い来た連中の状況から、柳左伝が一人で出てくるとは思っていなかった。

「…………」

すばやく聡四郎は腰を落とした。

「……ちっ。もう少し、近づけ」

松の木の上から山崎伊織を狙っている岩崎が舌打ちをした。

短弓は折りたたんで運べるという利点の代わりに、弦《つる》が短いという欠点を持つ。ようは一撃必殺となる射程が短いのだ。弦が短いぶん、矢も小さくならざるをえない。威力も弱いうえ、速度も遅い。遠いと当たる前に気づかれかねなかった。

「ここから当てられるが……」

岩崎は一応、山崎伊織の胸に狙いを定めた。首から上はわずかな動きで大きくぶれ、外れてしまう。対して、胴体は多少ずれたところで、面積があるため当たりやすい。

「邪魔だというならば、排除して見せろ」

柳左伝が挑発した。

「我らを御上役人と知っての無礼であろうな」

聡四郎は脅しをかけた。

幕府役人に敵対するのは、重罪である。とくに浪人者が、旗本に逆らえば厳しく処断された。

浪人は武家ではない。庶民が両刀を持っているのを黙認しているだけなのだ。その黙認を裏切って、幕府に牙剝けばただではすまなかった。

「それがどうした」

柳左伝が鼻先で笑った。

「ならば……」

聡四郎は太刀を抜いた。

「……………」

合わせて大宮玄馬も脇差《わきざし》を鞘走《さやばし》らせ、すばやく聡四郎と背中を合わせた。

「なんだと……」

二本後ろの杉並木に潜んでいた藤川義右衛門が、大宮玄馬の対応に驚いた。

「挟み討ちされることに慣れている」

狙いが最初から躓《つまず》いた藤川義右衛門が、苦く顔をゆがめた。

「いつまでもここにいてよいのか。いつ夜旅をかける者が来ぬともかぎらぬぞ。駿河府中から来たならば、戻って町奉行へ報せてもらおうか」

聡四郎がよくわかるように、歯を見せた。

「むっ」

柳左伝がうめいた。

「どうやら、来たようだぞ」

わざとらしく山崎伊織が身体を伸ばして見せた。

「なにっ」

釣られた柳左伝が振り向いた。

「……つっ」

木の上で矢をつがえていた岩崎も動揺してしまった。

「そこっ」

気配を見逃すようでは、忍など務まらない。すぐに山崎伊織が気づいた。

「ちっ」

あわてて岩崎が矢を放った。

「ふん」

胸目がけて飛んできた矢を山崎伊織が籠手で弾いた。

「くそっ。ならば、これはどうだ」

文句を言いながら、坂手が聡四郎を目がけて手裏剣を投げた。

「ご用人さま」

山崎伊織が、聡四郎の前へ割りこんで、手裏剣を籠手で受けた。

「鎖籠手か、あじなものを。ならば、これでどうだ」

聡四郎へ向かっていた坂手が目標を山崎伊織に変え、抜いた忍刀を下からすくうようにして撃った。

人の下腹は柔らかい。そして傷つけば、そこから腸が溢《あふ》れだし、死に至る。

「喰らうかよ」

山崎伊織が軽々と後ろへ跳んだ。

「馬鹿が」

そこへ柳左伝が間合いを詰めてきていた。

「させるわけなかろう」

山崎伊織の首を狙った一刀を前に出た聡四郎が受けた。

「死ねっ」

聡四郎の剣が柳左伝の刀で止められた。その隙を岩崎は見逃さなかった。予備の矢をすかさず放った。

「甘い」

すでに弓矢があることを知っている。聡四郎は、鍔迫り合いになっている柳左伝の身体を盾にできるよう、動いた。

「ば、馬鹿が」

相手の意図を悟れないようでは、剣術遣いなどやってられない。すぐに柳左伝が鍔迫り合いから逃げた。

「押さえることさえできぬか。半端者だな」

憎々しげに吐き捨てながら、岩崎が木から飛び降りて、そのまま聡四郎へと迫ってきた。

「黙れ」

言い返しながら、柳左伝も今一度聡四郎へ刀を向けた。

「殿」

前に出た聡四郎の背後を守っていた大宮玄馬が身体を回した。

「おう」

うなずいた聡四郎は大宮玄馬と位置を変えて、背後の警戒を担った。

「こいつっ」

入れ替わった形の大宮玄馬に、柳左伝が二の足を踏んだ。

「なにをしている。拍子を合わせろ」

突っこんでいる岩崎は止まらずに、そのまま大宮玄馬へと斬りかかった。

「お、おう」

一瞬遅れた柳左伝が、急いで太刀を出した。

共闘した経験のない岩崎と柳左伝である。さらに武芸の腕にも差がある。どうしても、切っ先に遅速が出た。

「……そっちか」

大宮玄馬は冷静に、遅速を読んだ。

「師に比べれば、止まっているも同然」

岩崎の切っ先が早いと見た大宮玄馬は、大きく膝をたわめた。小柄な大宮玄馬である。地を這《は》うほどとはいかぬが、かなり低くなった。

「なんだと」

太刀を持つ腕は、肩に繋がっている。位置としてどうしても高くなる。剣というものは、己より高いものは撃ちやすく、低いものは斬りにくい。岩崎の切っ先が乱れた。

「はっ」

低くした姿勢を前に出しながら、大宮玄馬が膝と腰を伸ばした。つれて脇差も引きあげる。

「ぎゃっっ」

刃渡りが短い脇差は、太刀よりも間合いが近い代わりに、動きが疾い。大宮玄馬の脇差が、岩崎の右太股を存分に裂いた。

太股の内側には、大きな動脈が通っている。それを断たれた岩崎が、立てなくなって転がった。

「くそっ」

転がる岩崎が、勢いづいた柳左伝の障害になった。

「…………」

たたらを踏んだ柳左伝が、かろうじて止まった。

「今度は逃がさぬ」

大宮玄馬が間合いを詰めた。

「わあっ……」

柳左伝が逃げ出した。

「待て……」

大宮玄馬が追いかけた。

「今だ」

見ていた藤川義右衛門が、聡四郎を襲った。

「やはりいたか」

聡四郎はしっかりと見抜いていた。

「うるさい。黙って死ね」

藤川義右衛門が斬りかかった。

「なんの」

一撃を聡四郎は受け止めた。

「えいやっ」

素早く忍刀を外した藤川義右衛門が、二撃目を繰り出した。

「おう」

かろうじて聡四郎はそれを避けた。

「見にくい」

街灯もない街道は暗い。光を反射しないよう漆《うるし》を塗った忍刀の軌道はほとんど見えなかった。

「ここか」

攻撃の後、藤川義右衛門が刀を引くその動きを見て、次の一刀を読む。ほとんど気配だけで、聡四郎は藤川義右衛門の攻撃をしのいでいた。

「……岩崎」

坂手は山崎伊織を相手にしながら、地に伏して呻いている岩崎を気遣った。

「……駄目だ。おまえだけでも……」

岩崎が言った。

「くそがっ。下手な策を弄しやがって」

坂手が藤川義右衛門を見た。

「うん……」

対峙している敵の気がそれた。山崎伊織が怪訝な顔をした。

「殿」

急いで大宮玄馬が、柳左伝の追撃を放棄し、聡四郎の援護に入ろうとした。

「このっ」

聡四郎の太刀が、藤川義右衛門の切っ先を弾き、身体の右へと流れた。

「もらった」

弾かれた忍刀を未練なく手放した藤川義右衛門が、懐から苦無《くない》を取り出し、聡四郎の首を刺そうとした。

「避けら……」

聡四郎は太刀を引き戻す間がないと感じ、首を必死でねじった。

「遅い」

忍頭巾から覗いている藤川義右衛門の目が笑った。

「……つっ」

太股をやられ、地に伏せていた岩崎が、声もなく手裏剣を聡四郎の後頭へと投げた。

身体を倒すようにして藤川義右衛門の一撃から逃げようとした聡四郎の頭が傾いた。

ていく。その側頭部をかすりながら手裏剣が飛んだ。

「……わっ」

苦無と共に身体を前に出していた藤川義右衛門は、不意に現れた手裏剣に驚愕した。

「ぎゃっ」

どれほど優れた忍でも、五寸（約十五センチメートル）ほどのところに出現した飛び道具をかわすことはできなかった。

藤川義右衛門の右目に棒手裏剣が突き刺さった。

目は急所である。襲い来た激痛に、さすがの藤川義右衛門も手にした苦無を捨てて、右目を両手で覆った。

「ぐっ」

無理な体位変換で重心を崩した聡四郎も、右肩を地に強くぶつけてうめいた。

「……はっ」

そのうめきで藤川義右衛門が、吾に返った。

「……くそっ」

手裏剣を生やしたまま、藤川義右衛門が後ろに跳んだ。

「岩崎、きさまっ……」

藤川義右衛門が残った左目で、岩崎を睨みつけた。

「用人を狙っただけでござる」

大量の血を失った岩崎が、力のない声で告げた。

「…………」

謝意のかけらも感じられない岩崎に藤川義右衛門が殺意の籠もった目を向けた。

「やあぁ」

間合いを詰めた大宮玄馬が藤川義右衛門へと脇差を模した。

「ちっ……」

傷を負ったうえ、武器もなくしている。藤川義右衛門が背を向けた。

「逃がすか」

大宮玄馬が縋った。

「つうう」

右目に刺さった手裏剣を抜き、そのまま藤川義右衛門が大宮玄馬へ投げつけた。

「おうっ」

眼球が付いたまま向かい来た手裏剣を、大宮玄馬は脇差で弾くため、少しだけ腰を落とした。

「覚えておれよ」

一瞬の間を藤川義右衛門は利用して、闇のなかへ消えた。

「しまった」

「追うな。罠があるやも知れぬ」

まだあきらめきれない大宮玄馬を、聡四郎が制した。

「……はい」

大宮玄馬が脇差を下げた。

四

「もう一人はどうした」

立ちあがった聡四郎は、山崎伊織が相手していた忍の姿がないことを問うた。

「逃がしましてございまする」

山崎伊織が、告げた。

「…………」

「なにをっ」

聡四郎は黙り、大宮玄馬が憤った。

「仕留められたはずでござろう」

主君を狙った刺客をわざと逃がしたと言った山崎伊織へ、大宮玄馬が脇差を向けた。

「玄馬、よせ」

いきり立つ大宮玄馬を、聡四郎は押さえた。

「しかし……」

家臣としては見過ごせない。大宮玄馬が納得しなかった。

「山崎、説明をしろ」

聡四郎が求めた。

「もちろんでございまする」

うなずいた山崎伊織が、倒れている岩崎に近づいた。

「おい。死んだふりをするな」

「……静かに死なせてもくれぬか」

目を閉じていた岩崎がため息を吐いた。

「わざとだな。あの手裏剣は、ご用人さまではなく、藤川を狙ったもの」

「……ああ」

山崎伊織の確認を岩崎が認めた。

「なんだと」

大宮玄馬が驚いた。

「どういうことだ」

聡四郎が山崎伊織に問うた。

「ちぐはぐだとお感じになられませんでしたか」

「この襲撃がか……」

言われて聡四郎は最初から思い出した。

「たしかに、おかしいな。わざと浪人者を目立つように立たせていたのも、弓矢を使わせたのも気に入らぬ」

聡四郎も違和感を感じた。

「ご用人さまならば、どうなさいまする」

山崎伊織が訊いた。

「まず、弓で急襲する。油断していなくとも、夜の飛び道具は見つけにくい。どうやら短弓を使用したようだが、一撃必殺といかなくとも、傷を負わせるくらいはできよう。暗夜に飛び道具で傷つけられれば、当然、不安と焦りでまともな思考はできなくなろう」

聡四郎は語った。

「さすがでございまする。恐慌状態に陥れば、勝負は決まったも同然」

山崎伊織が称賛した。

「それをしなかったのは、なぜだ」

聡四郎は岩崎に顔を向けた。

「組頭の私怨だ。用人だけは、己の手で仕留めたいというな。よほど恨まれているのだな。忍は、任を果たすために私情を捨てる。いや、心を殺す。ゆえに忍たれる。それを組頭はできなくなった」

岩崎が吐き捨てるように言った。

「私怨とはの」

聡四郎はあきれた。

「ただの人に堕《お》ちた忍に従えるわけなかろう」

岩崎が苦渋に満ちた表情を浮かべた。

「我らは、組頭の私怨を晴らすために、代々の禄を捨てたわけではない。伊賀者を支配しようとするおまえへの敵愾心《てきがいしん》からだった。伊賀者は、将軍家直属の隠密だという矜持《きょうじ》を守るために、組を抜けた。そう思っていた。うっ」

辛そうに岩崎が咳《せき》をした。

「とはいえ、禄を失っては生きてはいけぬ。金のためには組頭の言うことをきかねばならぬ。だからといって使い捨てにされてはたまらぬわ。ああ、もちろん、我らも伊賀者だ。任のためとあれば、いつでも命を捨てる覚悟は持っているぞ」

忍としての誇りまでは失っていないと、岩崎が宣した。

「ああ……」

岩崎の身体から力が抜けた。

「どうして、吾は伊賀者の家に生まれたのだろうな……」

小さく岩崎が呟いた。

「坂手、おまえだけでも生き……」

そこまでだった。岩崎の瞳から光が消えた。

「山崎」

聡四郎は山崎伊織へ目をやった。

「…………」

無言で山崎伊織が腰を屈め、岩崎の懐を探った。

「あった」

山崎伊織が忍頭巾から紙包みを取り出した。その紙包みを確認したあと、岩崎の忍頭巾に戻し、火打ち石を打ち付け、火花を散らせた。

火花をあげて岩崎の顔が焼けた。

「よかったのか。忍をやめたかったようだぞ」

「忍の最期は決まっておりまする。任を果たせず、異国で散るとき、忍は己を焼く」

淡々とした口調で、山崎伊織が述べた。

「こやつは忍としての生をまっとういたしました」

山崎伊織が腰を伸ばした。

「これで心おきなく、来世を迎えましょう」

「……そうだな」

語った山崎伊織を聡四郎は認めた。

「…………」

無言で大宮玄馬が脇差を鞘に納めた。

「藤川はどうすると思う」

聡四郎が問うた。

「一層、ご用人さまへの恨みを募らせましょう」

山崎伊織が断言した。

「行くぞ。駿府町奉行に報告だけはしておかねばなるまいな」

死んでいる岩崎に一瞥《いちべつ》をくれて、聡四郎は歩き出した。


翌朝、困惑する駿府町奉行をおいて、聡四郎たちは駿河府中の宿場を出た。

「せめて、事情をもう少し聞かせていただきたい」

駿府町奉行のほうが、御広敷用人よりも格は高い。

「上様の御用中でござれば」

だが、こう言われてしまえば、どうしようもなかった。

「忍の死体などどうすれば……」

遠国奉行の一つとはいえ、駿府町奉行はそれほどの激務ではない。駿府には城代も置かれ、大番組《おおばんぐみ》も交代で詰めている。東海道でもっとも治安がいいと言えるだけに、町奉行の仕事は少なく、京都町奉行や、大坂町奉行へ栄転していくための腰掛けでしかなかった。

「………………」

経験がなかろうが、仕事である。聡四郎は助言さえしなかった。

「このあとどうなる」

駿河府中を出たところで、聡四郎は山崎伊織へ尋ねた。

「逃げた浪人と藤川の二人で、襲ってくることはございますまい。あの浪人の思いきりのいい逃げっぷりは、秀逸《しゅういつ》でございましたから」

山崎伊織が感心半分、嘲弄半分で柳左伝を評した。

「勝てぬ戦はせぬというわけだな」

「はい」

山崎伊織が首肯した。

「となれば……」

「近江の国に入ってからが危ないかと」

大宮玄馬が口にした。

「それはございますまい」

大きく山崎伊織が首を左右に振った。

「郷忍に助を頼むのではないのか。手が足りぬのだろう」

大宮玄馬が反発した。

「郷忍は動きますまい。藤川には郷忍を動かすだけの金がありませぬ」

「なぜわかる」

「簡単でござる。藤川個人は郷忍を雇う金を持ちませぬ。郷忍は忍働きの金で生きておりまする。端金《はしたがね》や後払いでは困りますゆえ」

訊いた大宮玄馬に山崎伊織が首を左右に振った。

「金ならあるであろう。館林には」

聡四郎は言った。

「館林にはあっても、今ここにいる藤川に届けることはできませぬ」

「たしかにの」

「江戸へ飛脚を仕立てて、江戸にいる郷忍を雇っていただくにしても、今からでは追いつきますまい」

「忍は京と江戸を何日で行けるのだ」

「三日あれば」

「ならば無理だな。駿河府中から京までは、我らなら五日は要る。追いつけそうに見えるが、これには江戸へ向かう飛脚の日程が含まれていない。飛脚が急いでも、二日で江戸までは行けぬ。箱根の関所を無視できぬからな」

聡四郎は理由を述べた。

「藤川が江戸まで行けば、間に合いましょう」

「行くまいよ」

大宮玄馬の意見を、聡四郎は否定した。

「怪我したからでございましょうか」

「いいや。藤川の性質からいけば、我らから目を離せまい。すでに配下はおらぬ。我らを見張る者がおらぬのだ。我らがどこへ行くかわからぬのだからな。東海道を行くのか、伊賀越えをするのか、いや、熱田《あつた》から船で大坂堺《さかい》港まで行くのか、わからなくなるだろう」

大宮玄馬の疑問に聡四郎が答えた。

「復讐の念に凝り固まっているならば、絶対に吾の姿を見失いたくないはずだ」

「ということは、今も……」

大宮玄馬が顔色を変えた。

「探しても見つからぬ」

目をあちこちに飛ばしている大宮玄馬に、聡四郎は首を横に振った。

「仰せではございますが……」

危険を見過ごすわけにはいかないと大宮玄馬が強く言った。

「注意が散漫になりかねぬ。後ろから追うような攻撃は浅くなりやすい。それよりも前へ進むことを考えるべきであろう」

聡四郎はできるだけ早く京へ向かうべきだと述べた。

「……はい」

少し不満げにしながらも大宮玄馬が同意した。

「山崎、頼むぞ」

「お任せを」

山崎伊織が先頭に立った。

近衛基凞が動いた。

「金が届くまで遊んでいてはことはならぬ」

たしかに人を集めるには、金がもっとも力を発揮するが、世のなかはそれだけで動くわけではなかった。

「ご無沙汰をいたしております」

「よくぞ顔を出せたものよ」

にこやかにほほえみながら、挨拶をする近衛基凞に、霊元上皇が顔をゆがめた。

「仙洞さまには、お変わりなく、世も泰平。これも仙洞さまのご人徳のなすところと、近衛基凞、お喜び申しあげまする」

まったく気にすることなく、近衛基凞は挨拶を続けた。仙洞とは、霊元上皇のことである。東山上皇と霊元上皇、二人も上皇がいたため、その呼称がややこしく、霊元上皇のことを、その住まいとしている仙洞御所から、仙洞さまと呼んでいた。

「柳に風とは、そなたのことだな」

霊元上皇があきれた。

「なにしに来た。機嫌伺いならば、すぐに帰れ。そなたの顔を見るだけで、気分が悪くなる」

冷たく霊元上皇が告げた。

「もっと気分の悪くなるお話をいたさねばならぬようになりましてございまする」

近衛基凞が、浮かべていた笑いを消した。

「……もっと気分を害する話だと」

霊元上皇が眉をひそめた。

「さようでございまする。幕府から使いが京へ出されました」

「使いだと。まだ、武家伝奏からなにも聞かされておらぬぞ」

近衛基凞の言葉に、霊元上皇が疑惑の顔をした。

「わたくしめのもとに、報せが昨日参りましてございまする。武家伝奏のもとへ話が伝わるのは、まだ先でございましょう」

「なぜ、そなたが先に……そうか。幕府とそなたは繋がっておるな」

霊元上皇が不機嫌な声を出した。

「あいにく、わたくしめと幕府はとうに決別いたしております る」

「今さら何を申すか。そなたが関白になれたのも、豊臣秀吉以来の太政大臣に就けたのも、すべて幕府の後押しであろうが。いっそ、近衛も公家ではなく、旗本になればどうだ。万石くれるかも知れぬぞ」

鼻先で霊元上皇が笑った。

「万石など、なにほどの価値がございましょう。近衛は、朝廷の柱石《ちゅうせき》でございまする。わたくしが求めるのは、今上《きんじょう》さまよりお預けいただくご信任でございますれば」

「よく言うわ」

ぬけぬけと言う近衛基凞に霊元上皇があきれた。

「で、なにを申してくるというのだ、武家は」

少しでも一緒にいたくないと、霊元上皇が話を促した。

「吉宗が清閑寺の娘、竹姫を御台所として迎えたいとのことでございまする」

「……清閑寺の娘」

霊元上皇が怪訝な顔をした。

「吉宗の妻になるような女がいたか、清閑寺に」

「覚えておられませぬか。五代将軍綱吉のころ、養女として江戸へ迎えられた娘を」

首をかしげる霊元上皇に、近衛基凞が述べた。

「……江戸へやられた娘。そういえば、有栖川宮と婚姻云々《うんぬん》ということがあったな」

有栖川宮は、霊元上皇の兄、後西《ごさい》天皇の皇子を祖としている。竹姫の夫になるはずだった有栖川宮正仁親王は、霊元上皇の甥の子であった。

「その娘が、吉宗の継室になると……」

霊元上皇の顔がゆがんだ。

「たとえ死したとはいえ、宮家と婚姻を約した女が、武家の妻になるだと」

武家が嫌いな霊元上皇が憤った。

「宮家は、天皇に繋がる高位の格を持つ。高位の格を持つ者との婚姻は、三世をちぎるものである。婚姻をなさなかったとはいえ、その女は宮家の妻である」

霊元上皇が告げた。

これも慣習であった。身分高い家同士の婚姻は、本人たちのものではなく、家と家の繋がりを強固にするためのものであった。

だけに、相手が死のうとも、縁は残るとされた。ただし、家を残さなければならないため、妻を求める側は、その後の再縁も認められていたが、家付き娘でない女はそのまま仏門に入り、夫になる前に死んだ男の菩提を弔わなければならなかった。

「宮家の女を奪うというか、戎《えびす》め。そのようなまねをさせぬ」

霊元上皇が強く言った。

「とは仰せられましても、慣習でしかございませぬ。拒むわけには参りませぬ」

慣習はあくまでも慣習であり、法ではなかった。

「それに清閑寺から将軍御台所が出れば、一条が潤いましょう。一条は清閑寺の親筋でございますれば」

「一条ならば、大事ない」

近衛基凞の出した名前に、霊元上皇がほっとした。

「一条は、朕《ちん》の意をよく汲《く》んでおる」

左大臣まで来ていた近衛基凞に対抗させるため、霊元上皇が関白へ抜擢したのが一条家であった。

「一条なら……取りこまれぬと」

「そなたとは違う。武家に媚びるような心根は、他の摂家たちにはない」

疑うような目をした近衛基凞に霊元上皇が断言した。

「では、お伝えをいたしました」

あっさりと近衛基凞は、仙洞御所を後にした。

「種は蒔いた。あとは、水やりをするだけじゃ。もっとも麿はせぬ。麿の嫌いな仙洞さまじゃ。麿が言うほどに、頑《かたく》なになられよう。なれど、麿以外から聞かされたならば……」

近衛基凞が仙洞御所を振り向いた。

「仙洞さまの側に仕えている者どもは、皆少禄ばかりじゃ。お気に入りの千種《ちぐさ》権大納言有維《ありこれ》も家禄は百五十石しかない。岩倉《いわくら》も同じじゃ」

千種も岩倉も一条と縁が深い。

「百両出せば、娘を商家の妾に売り飛ばす。公家の困窮は武家を上回る。五百両で二人は堕とせるだろう。信じている側近から、一条が吉宗と組んで朝廷を牛耳ろうとしていると聞かされたならば……」

近衛基凞が足を止めた。

「それでも臣下をお信じになられまするか、仙洞さま」

憎々しげな声を近衛基凞が出した。

「娘を家宣に差し出さなければならなくなったとき、仙洞さまは勅意《ちょくい》を出してくださらなかった。煕子を宮家の室とする。あるいは、ご自身の女御《にょうご》の一人として御所に迎える。そう言ってくだされば、煕子は京におれた。それもせず、麿を幕府に娘を売って、権を手にしたと忌避した。煕子を近衛の娘ではなく、権中納言平松《ひらまつ》時量《ときかず》の養女にしてから江戸へやった麿の苦衷《くちゅう》も……」

近衛基凞が歯がみをした。

「……見させていただきましょう。仙洞さまの心を。いつまで一条を信じられまするか」

口の端を近衛基凞がつりあげた。

「まあ、一条が裏切っても、仙洞さまは一条を罰せられませぬな。なにせ、慣例を無視して関白へ引きあげたのでございますゆえ。それだけ信を置いた臣を罰しては、仙洞さまに人を見る目がなかったとなりまする。矜持のお高いお方には、悪評は我慢できますまい」

近衛基凞が続けた。

「となれば、もう一方の吉宗にあたるしかございませぬな。武家嫌いの仙洞さまが、吉宗になにをなさるか……将軍位剝奪《はくだつ》」

「前《さき》の太政大臣さま。牛車《ぎっしゃ》へ」

供がいつまでも動かない近衛基凞へ声をかけた。

「うむ」

うなずいて、近衛基凞が牛車のなかへ入った。

「あははっは」

下ろされた御簾《みす》のなかで近衛基凞が哄笑《こうしょう》した。

光文社文庫　光文社

文庫書下ろし／長編時代小説

柳《りゅう》眉《び》の角《つの》　御《お》広《ひろ》敷《しき》用《よう》人《にん》　大《おお》奥《おく》記《き》録《ろく》(八)

著者　上《うえ》田《だ》秀《ひで》人《と》

2015年7月20日　初版1刷発行
2025年8月5日　6刷発行

発行者　三宅貴久
印刷　大日本印刷
製本　大日本印刷

発行所　株式会社光文社
〒112-8011　東京都文京区音羽1-16-6
お問い合わせ
https://www.kobunsha.com/contact/

ISBN978-4-334-76945-1　Printed in Japan

組版　萩原印刷

幻影の天守閣
上田秀人

神君の遺品
上田秀人

熾火
上田秀人

破斬
上田秀人